D0988529

folio
junior

Michel Tournier est né en 1924, d'un père gascon et d'une mère bourguignonne, universitaires et germanistes. Il vit dans un vieux presbytère de la vallée de Chevreuse mais aime beaucoup voyager. Très tôt, il s'est orienté vers la photographie et a produit une émission de télévision « Chambre noire » consacrée aux photographes. Il a publié son premier roman en 1967, *Vendredi ou les limbes du Pacifique* d'après lequel il a écrit par la suite *Vendredi ou la vie sauvage* – publié dans la collection Folio Junior.
Auteur de plusieurs romans, il est, depuis 1972, membre de l'Académie Goncourt.

Henri Galeron, auteur de la couverture des *Rois Mages*, est né en 1939 dans les Bouches-du-Rhône. Après des études à l'École des beaux-arts, il illustre un premier livre, en 1973. Depuis cette date, il ne cesse de créer des images, de dessiner des couvertures de livres, de magazines, des pochettes de disques, des affiches... Pour Folio Junior, il a réalisé les couvertures de nombreux livres, parmi lesquels *Les Contes de ma mère l'Oye* de Charles Perrault, *Le Poney rouge* de John Steinbeck, *Le Lion* de Joseph Kessel ou *Le Chat qui parlait malgré lui* de Claude Roy.

Tous droits de traduction, de reproduction et d'adaptation
réservés pour tous les pays.

© Éditions Gallimard, 1983, pour le texte
© Éditions Gallimard Jeunesse, 1998, pour la présente édition

Michel Tournier
LES ROIS MAGES

Gallimard Jeunesse

Gaspard de Méroé

Le Roi Nègre
amoureux

Il était une fois au sud de l'Égypte un royaume, le Méroé, dont le souverain s'appelait Gaspard. Comme ses parents, comme ses épouses, comme tout son peuple, Gaspard était noir, mais il ne le savait pas, n'ayant jamais vu de Blanc. Et non seulement il était noir, mais il avait un nez épaté, des oreilles minuscules et des cheveux crépus, toutes choses qu'il ignorait également.

Or, un soir qu'il rêvait sur la terrasse du palais, devant un ciel nocturne tout pétillant d'étoiles, son regard fut surpris par une lueur vague et vacillante qui faisait palpiter l'horizon du sud.

Aussitôt, il manda son astrologue qui s'appelait Barka Maï et avait une barbe et des cheveux blancs, bien qu'il fût nègre lui aussi.

– Qu'est-ce donc que cette lueur ? lui demanda Gaspard en pointant vers l'horizon son sceptre en corne de rhinocéros.

– Justement, Seigneur, répondit l'astrologue, je voulais t'en parler. C'est une comète qui nous vient de la source du Nil.

Or il faut savoir que le Nil, fleuve immense et majestueux, traversait tout le territoire de Méroé, mais jamais un voyageur n'avait réussi encore à remonter assez loin à l'intérieur du continent africain pour découvrir sa source. Il en résultait que cette source du Nil demeurait enveloppée de mystère, et que tout ce qui en provenait se chargeait de prestige.

– Une comète ? dit Gaspard. Explique-moi, veux-tu, ce qu'est une comète.

– Le mot nous vient des Grecs et signifie *astre chevelu*. C'est une étoile errante qui apparaît et disparaît de façon imprévisible dans le ciel, et qui se compose d'une tête traînant derrière elle la masse flottante d'une chevelure.

– Une tête coupée volant fantasquement dans les airs en somme ? Cela ne me déplaît point. Et cette comète vient de la source du Nil ? Que sais-tu de plus à son sujet ?

– D'abord, elle vient du sud et se dirige vers le nord, mais avec des arrêts, des sautes, des crochets, de telle sorte qu'il n'est nullement certain qu'elle passe dans notre ciel. Ce serait un grand soulagement pour ton peuple et pour toi-même, car l'apparition d'une comète annonce des événements considérables qui sont rarement réjouissants.

– Continue.

– La comète qui nous occupe comporte une particularité assez étrange. Le flot de cheveux qu'elle traîne serait de couleur jaune.

– Une comète à cheveux dorés ! Voilà en effet qui est bizarre. Mais je trouve cela plus propre à exciter ma curiosité qu'à provoquer mon inquiétude, dit Gaspard.

Le fait est que le roi de Méroé s'était toujours intéressé aux choses de la nature. Il avait fait installer dans ses jardins une sorte de parc zoologique où l'on nourrissait des gorilles, des zèbres, des oryx, des ibis sacrés, des pythons bleus et des cercopithèques rieurs. Il attendait même un phénix, une licorne, un dragon, un sphinx et un centaure que des voyageurs de passage lui avaient promis, et qu'il leur avait payés d'avance pour plus de sûreté.

À quelque temps de là, il parcourait avec sa suite le marché de Baalouk réputé pour la diversité et l'origine lointaine de ses marchandises. Parce qu'il n'avait pas quitté Méroé depuis des années et rêvait d'une vaste randonnée, Gaspard acheta tout d'abord un lot de chameaux :

– des montagnards du Tibesti, noirs, frisés, infatigables, mais têtus et violents ;

– des porteurs de Batha, énormes, lourds, au poil ras et beige, inutilisables en montagne à cause de leur maladresse, mais, en zones marécageuses, insensibles aux moustiques comme aux sangsues ;

– des méharis du Hoggar, blancs comme des hermines, fins, rapides, coursiers de rêve pour la chasse et la guerre.

Sur le marché des esclaves, il acquit une douzaine de minuscules pygmées capturés dans la forêt équatoriale. Il se proposait de les faire ramer sur la felouque royale avec laquelle il chassait l'aigrette du Nil. Il avait déjà pris le chemin du retour quand il fut frappé par deux taches dorées perdues au milieu de la foule des esclaves noirs. C'était une jeune femme et un adolescent. Ils venaient de Phénicie, avaient la peau claire comme du lait, les yeux verts comme de l'eau et secouaient sur leurs épaules un flot de cheveux d'or.

Gaspard s'arrêta stupéfait. Il n'avait jamais rien vu de pareil. Il se tourna vers l'intendant qui l'accompagnait.

– Crois-tu que les toisons de leur corps sont de la même couleur que leurs cheveux ou d'une autre couleur ?

– Je vais dire au marchand qu'il leur fasse enlever leurs loques, répondit l'intendant.

– Non, dis-lui plutôt que je les achète. Je les mettrai dans mon parc zoologique avec les autres singes.

Puis il se dirigea vers la caravane royale qui devait regagner le palais de Méroé.

Pour les dix-sept femmes de son harem, il rapportait plusieurs boisseaux de poudre cosmétique, et pour son usage personnel un plein coffret de petits bâtons d'encens. Il lui paraissait convenable, en effet, au cours des cérémonies religieuses ou lors de ses apparitions dans sa capitale, d'être environné de cassolettes d'où montaient des tourbillons de fumée aromatique. Cela donne de la majesté et frappe les esprits, pensait-il. L'encens va avec la couronne, comme le vent avec le soleil.

Gaspard semblait avoir oublié comète et esclaves

blonds, quand il entreprit l'une de ses promenades familières dans les jardins du palais auxquels le peuple avait accès. On le connaissait et on l'aimait assez pour respecter le désir, qu'il avait exprimé une fois pour toutes, qu'on feignît de ne pas le remarquer. Il aimait se mêler ainsi à la foule, comme l'un quelconque de ses propres sujets.

Il s'approcha d'une cage qui abritait une famille de vampires nouvellement arrivée. Ces chauves-souris géantes, qui se nourrissent de fruits mais boivent aussi le sang des animaux, rendues immobiles par l'excès de lumière, pendaient la tête en bas, comme des haillons gris, aux branches du tronc d'arbre dressé au milieu de la cage.

Gaspard et sa petite escorte ne s'attardèrent pas devant les vampires, car une affluence inhabituelle autour de la fosse des babouins attira leur attention. Le roi demanda ce qui suscitait cette curiosité. « Tes esclaves blonds », lui fut-il répondu. Il se rendit aussitôt au bord de la fosse. Elle était divisée en deux compartiments, les mâles d'un côté, les guenons de l'autre. Ce qui excitait l'intérêt et la joie du public, c'était parmi les singes un homme prostré, couvert de blessures, parmi les guenons une femme recroquevillée dans une encoignure de rocher. On leur envoyait des écorces de pastèque et des grenades pourries. Quand un projectile faisait mouche, la foule hurlait de rire.

– Qui a dit de les mettre là ? demanda Gaspard furieux.

Son intendant fit approcher le chef des jardins qui se

tenait à distance respectueuse. Ils échangèrent quelques phrases.

– Il doit y avoir un malentendu, balbutia l'intendant. On avait cru comprendre que tels étaient tes ordres.

Et en effet, Gaspard se souvint d'une phrase qu'il avait prononcée dans ce sens en faisant acheter les esclaves blonds.

– Faites-les sortir immédiatement de ce trou! commanda-t-il.

Quand il avait donné un ordre, il avait pour principe de ne jamais assister à son exécution. La certitude d'être obéi devait suffire. Mais cette fois, une étrange curiosité le retint. Peu après, les deux Blancs se tenaient devant lui. Gaspard ne pouvait détacher son regard de la femme. Et pourtant, comme elle était laide, avec sa peau marbrée de bleus, rougie par endroits, livide ailleurs, avec ses grandes oreilles décollées que ses cheveux de filasse cachaient mal, avec son long nez pointu qui pendait tristement vers le sol! Tout le contraire des beautés noires de son harem, si lisses qu'elles paraissaient sculptées dans le bois d'ébène ou la pierre d'obsidienne. Gaspard éprouvait un mélange de pitié et de répulsion devant ces êtres si différents venus du bout du monde.

Car, s'il était grand amateur des bizarreries de la nature, c'était toujours du sud que lui venaient les fruits et les animaux les plus beaux. Un jour, des caravanes venues de cette mer froide du nord qu'on appelle la Méditerranée lui avaient apporté de ces fruits d'Europe, capables de mûrir sans chaleur ni soleil, qui s'appellent pommes, poires, abricots. Il les avait goûtés par acquit de conscience, mais comme il les avait trouvés fades en comparaison des ananas, des mangues ou des simples dattes de ses vergers africains !

Or ce soir-là, il refusa la visite dans la chambre royale de Karmina, sa première concubine, et s'isola sur la terrasse du sud. Il ne pouvait détacher sa pensée de l'esclave blonde qu'il venait de tirer d'une cage à singes et dont il ne savait rien, pas même le nom.

C'est alors qu'il aperçut au-dessus de l'horizon une boule dorée qui paraissait tourner sur elle-même. Aussitôt, il manda Barka Maï.

– Où en est ta comète ? lui demanda-t-il.

– Tu la vois, répondit l'astrologue. L'espoir qui me restait qu'elle détourne de nous sa trajectoire diminue d'heure en heure. Il est presque certain maintenant qu'elle va passer au-dessus de nos têtes. Il ne reste plus qu'à prier pour qu'elle ne laisse pas tomber sur elles quelque calamité.

Gaspard ne dit mot. Il devait s'avouer que l'image de l'esclave blonde humiliée et enlaidie, bombardée d'ordures par une foule rigolarde, ne quittait pas sa pensée. Pour la première fois, il fit un rapprochement entre l'esclave blonde et la comète aux cheveux d'or qui étaient entrées toutes les deux dans le royaume de Méroé et dans sa vie. La femme ne serait-elle pas justement cette calamité que la comète menaçait d'apporter ?

Or un roi est toujours observé de très près par tous ceux qui l'entourent, et le changement d'humeur de Gaspard n'échappait pas aux familiers du palais. Chacun l'interprétait dans son sens, et les femmes du harem, guidées par la jalousie, l'attribuaient à la femme blanche. Gaspard s'en aperçut grâce à Kallaha, une Nigérienne qui était devenue la maîtresse du harem après avoir connu les faveurs du père de Gaspard. Ce fut elle, en effet, qui prononça la première en présence du roi le nom de la femme blonde.

– Cette Biltine, lui dit-elle un jour, sais-tu comment elle appelle les gens de sa race ? Elle les appelle des Blancs ! Et nous, sais-tu comment elle nous appelle ? Des gens de couleur ! Quelle impudence ! Les gens de couleur, ce sont eux, ces prétendus « blancs », car ils ne sont pas blancs, non, ils sont roses. Roses comme des cochons. Et en plus, ils puent !

Gaspard connaissait et partageait tous les préjugés des Noirs contre les Blancs. Or l'immense surprise de ces derniers jours, c'était de voir, en présence de l'esclave blanche, sa répugnance se transformer malgré lui en attirance.

Mais n'est-ce pas cela, l'amour? Des choses que nous trouvions répugnantes – le baiser sur la bouche, par exemple – et qui peu à peu deviennent si délicieuses que nous ne pouvons plus vivre sans elle?

– Va la chercher ! commanda-t-il.

Kallaha était stupéfaite, mais l'ordre avait été donné sur un ton qui excluait tout atermoiement. Elle se dirigea vers la porte, digne et raide, mais avant de sortir, elle ne put se retenir de se retourner pour dire ces derniers mots :

– Et tu sais, elle a des poils sur les mollets et les avant-bras !

Gaspard ne fut pas fâché de devoir attendre un bon moment l'arrivée de Biltine. « Ils sont en train de la laver, de la coiffer et de l'habiller », pensait-il. C'était vrai. Quand elle parut, elle ne ressemblait vraiment pas au souillon de la cage aux singes. Rose, elle était, oui, et Gaspard pensa à l'accusation de Kallaha, mais rose comme une rose, et avec cela bleue et dorée...

Ils restaient l'un en face de l'autre à s'observer, l'esclave blanche et le roi nègre. Et Gaspard sentait s'opérer en lui un changement extraordinaire : à force de regarder Biltine, ce n'était plus Biltine qu'il voyait, c'était lui-même tel que Biltine devait le voir. « Si claire, si lumineuse, pensait-il, comme elle doit me trouver noir ! » Et pour la première fois, une tristesse et une sorte de honte – de la honte, oui – lui venaient au cœur d'être un Nègre. « Elle doit avoir envie de se jeter dans mes bras autant que de plonger dans un tonneau de goudron ! » Et en même temps que son amour grandissait, il sentait le désespoir lui ronger le foie.

Elle lui raconta son histoire. Son frère Galéka et elle étaient originaires de Byblos en Phénicie, un petit pays côtier célèbre pour ses marins et ses navires. Ils se rendaient en Sicile chez des parents, quand leur navire était tombé entre les mains de pirates numides. On les avait ensuite débarqués sur une plage proche d'Alexandrie et acheminés vers le sud en caravane.

Gaspard posa ensuite une question qui étonna la jeune femme et parut l'amuser :

– Les habitants de la Phénicie sont-ils tous blonds ?

– Tant s'en faut ! répondit-elle. Il y en a des bruns, des châtain foncé, des châtain clair. Il y a aussi des roux.

Puis elle fronça les sourcils, comme si elle découvrait pour la première fois une vérité nouvelle. Il lui semblait que les esclaves étaient plus bruns, très bruns, crépus aussi, et que, parmi les hommes libres, la clarté de la peau et la blondeur des cheveux augmentaient à mesure que l'on montait dans l'échelle sociale.

Elle rit comme si ces propos insolents d'esclave blonde s'adressant à un roi noir ne méritaient pas le fouet ou le pal !

Il la faisait venir chaque soir. Une nuit enfin, il se décida à la prendre dans ses bras. Il avait fait servir auparavant un souper fin dont le morceau de choix était une queue de brebis, véritable sac de graisse de mouton. Rien ne paraît plus succulent aux habitants de Méroé. Biltine fit honneur au plat national de son seigneur et maître. Mais quand Gaspard s'étendit près d'elle, il ne put détacher ses yeux du contraste que faisaient ses mains noires sur la peau neigeuse de Biltine et il en avait le cœur navré.

Et elle ? Qu'éprouvait-elle ? Il ne devait pas tarder à le savoir. Brusquement, elle s'arracha à ses bras, courut à la balustrade de la terrasse, et, penchée à mi-corps vers les jardins, elle fut secouée de hoquets. Puis elle revint, très pâle, le visage creusé et s'étendit sagement sur le dos.

– La queue de brebis n'a pas passé, expliqua-t-elle simplement.

Gaspard la regardait tristement. Il ne la croyait pas. Non, ce n'était pas la queue de brebis qui avait fait vomir de dégoût la femme qu'il aimait !

Il se leva et gagna sans dire un mot ses appartements, accablé de chagrin.

Dès lors, le roi Gaspard continua à voir Biltine, mais en gardant ses distances, malgré le désir ardent qu'il avait d'elle. Pour ne pas succomber à l'envie qui le torturait de la prendre dans ses bras, il faisait toujours venir avec elle son frère Galéka. Ils formaient ainsi un trio apparemment heureux. Ils faisaient de la voile sur le Nil, chassaient l'antilope du désert, présidaient des fêtes populaires agrémentées de danses et de courses de chameaux. Le soir, ils s'attardaient sur la haute terrasse du palais, et Biltine chantait des mélodies phéniciennes en s'accompagnant d'une cithare.

En observant ses deux amis, Gaspard voyait peu à peu apparaître de grandes différences entre eux. Au début, fasciné par leur peau blanche et leurs cheveux blonds, il les trouvait parfaitement semblables, des jumeaux différents seulement par le sexe. Mais, avec l'habitude, il les voyait mieux et il se demandait parfois s'ils étaient vraiment frère et sœur, comme ils le prétendaient.

Cependant, les femmes du harem étaient furieuses de la place prise par Biltine auprès du roi, et tout le personnel du palais partageait leur haine pour les deux intrus. Chacun guettait l'occasion de les perdre.

C'est ainsi qu'une nuit, Kallaha demanda à parler au roi de toute urgence. Gaspard la fit entrer, car il avait perdu le sommeil. Aussitôt, la maîtresse du harem éclata :

– Tes Phéniciens, Seigneur ! Ils ne sont pas plus frère et sœur que toi et moi !

– Qu'en sais-tu ? demanda Gaspard qui sentait venir la catastrophe.

– Si tu ne me crois pas, viens avec moi, tu verras s'ils s'embrassent comme frère et sœur, ou d'une autre façon !

C'était donc cela ! Gaspard se leva et jeta un manteau sur ses épaules. Kallaha, effrayée par son visage révulsé, reculait vers la porte.

– Allons, marche, vieille bourrique, nous y allons !

La suite eut la rapidité d'un cauchemar : les amants surpris dans les bras l'un de l'autre, les soldats appelés, le garçon traîné dans un cachot, Biltine, plus belle que jamais, vêtue seulement de ses longs cheveux, claque-murée dans une cellule à la fenêtre grillagée, et finalement le roi, tout seul sur sa terrasse, regardant de ses yeux pleins de larmes le ciel aussi noir que son cœur et que sa peau. Il y avait pourtant à l'horizon une vague lueur qui semblait palpiter.

Un léger bruit de sandales l'avertit que quelqu'un approchait derrière lui. C'était l'astrologue Barka.

Gaspard accueillit avec soulagement ce vieil ami, fidèle et lucide.

– Elle s'éloigne, dit-il. Elle disparaît vers le nord.

Gaspard, obsédé par la scène qu'il venait de vivre, crut d'abord qu'il parlait de Biltine. Puis il comprit que Barka faisait allusion à la comète. D'ailleurs, il y avait longtemps que dans son esprit l'esclave phénicienne et la comète aux cheveux d'or se confondaient.

– Elle retourne en Phénicie, dit-il, le pays des femmes blondes.

Barka le regarda avec tristesse. Fallait-il que son maître fût amoureux de cette esclave ! Mais il revint à ses propres préoccupations astrologiques.

– Elle s'en va, dit-il, et nul ne peut dire encore le mal qu'elle a pu faire. Dans un mois, dans un an éclatera peut-être sur Méroé une épidémie de peste ou une sécheresse catastrophique, à moins que des nuages de sauterelles s'abattent sur les champs.

– Non, dit Gaspard, il est inutile d'attendre un mois ni un an. Le mal qu'elle m'a fait, je le connais, elle m'a navré le cœur.

Et soudain tourné vers Barka, il lui raconta sa détresse, cette blondeur qui lui avait d'abord répugné comme une monstruosité, puis qui l'avait fasciné et dont finalement il ne pouvait plus se passer. C'était comme une drogue ! Et le pire, c'est qu'il voyait maintenant son propre peuple avec d'autres yeux, des yeux de Blanc ! Il avait découvert la négritude et il ne l'aimait pas, pas plus qu'il ne s'aimait lui-même.

Après ces aveux, Barka observa un long silence.

Comme elle était lourde, sa responsabilité de confident du roi ! À l'horizon, la palpitation lumineuse de la comète avait cessé. Le ciel paraissait vide et comme désert après son passage. Alors Barka dit à son maître un mot, un seul mot : « Pars ! »

– Tu veux que je parte ?

– Je te le conseille en tout cas puisque tu as daigné me confier tes peines. L'eau qui stagne immobile devient saumâtre et boueuse. Au contraire, l'eau vive et courante reste pure et limpide. Ainsi le cœur de l'homme sédentaire est un vase où fermentent des griefs indéfiniment remâchés. Du cœur du voyageur, jaillissent en flots purs des idées neuves et des actions imprévues. Pars ! Que la comète blonde qui a bouleversé ta vie t'apporte aussi le remède. Suis-la. Fais un pèlerinage aux pays des hommes blancs. Monte jusqu'aux bords de cette mer grise et froide qu'ils appellent la Méditerranée. Et reviens-nous gai et guéri !

Pour quitter Méroé, Gaspard usa, selon une coutume obligatoire, du grand palanquin royal de laine rouge brodée d'or, surmonté d'une flèche de bois d'où flottent des étendards verts couronnés de plumes d'autruche. Depuis la grande porte du palais jusqu'au dernier palmier – après, c'est le désert –, le peuple de Méroé acclamait et pleurait le départ de son souverain bien-aimé. Telle était la tradition à laquelle il ne pouvait se dérober. Mais dès la première étape, il fit démonter l'habitacle pompeux fixé sur le dos d'un dromadaire gros comme un éléphant, et il prit place sur une jeune chamelle fine et rapide comme une gazelle, sellée à la légère. Comme l'amble[1] souple de sa monture berçait doucement son cœur blessé ! Comme le chaud soleil du désert dissipait bien les idées noires qu'il avait dans la tête !

Jour après jour, ils descendirent la rive du Nil peuplée de papyrus dont les ombelles se caressaient au vent dans un froissement soyeux. Ils arrivèrent ainsi à Thèbes, et Gaspard nota la présence d'hommes blancs déjà assez nombreux. Ils faisaient encore des taches claires dans la foule des Noirs, mais Gaspard se disait que bientôt, en poursuivant vers le nord, ce serait les Noirs qui feraient des taches sombres dans la foule des Blancs.

Ils nuitèrent à Louxor, au pied des deux colosses de Memnon, statues gigantesques, sagement assises, les mains posées sur les genoux[2].

---

1. La plupart de nos animaux familiers marchent en diagonale, c'est-à-dire avancent en même temps la patte arrière droite et la patte avant gauche, puis la patte arrière gauche et la patte avant droite. Ainsi vont le cheval, le bœuf, le chien, le chat, etc. Au contraire, beaucoup d'animaux sauvages vont l'amble, c'est-à-dire avancent en même temps la patte arrière droite et la patte avant droite, puis la patte arrière gauche et la patte avant gauche (avec un léger retard de la patte avant sur la patte arrière). Ainsi vont le loup, l'éléphant, la girafe, le lion, le tigre, le chameau, l'ours, etc. Cela leur donne une allure balancée, car pour déplacer en même temps sa patte avant et sa patte arrière du même côté l'animal doit se déporter tout entier du côté opposé.

2. Aujourd'hui, deux mille ans après ces événements, ils sont toujours là

Gaspard put vérifier la légende selon laquelle ces deux dieux égyptiens poussent de petits cris de bébés joyeux le matin quand leur mère l'Aurore vient les caresser de ses chauds rayons.

Puis il fallut traverser la mer Rouge sur onze barcasses frétées à cet effet. Cette paisible traversée, qui dura une semaine, fut un repos pour tout le monde, et au premier chef pour les chameaux, immobilisés dans l'ombre des cales, et qui se refirent la bosse en mangeant et en buvant à satiété.

D'Elath – où ils débarquèrent – à Jérusalem, il y a deux ou trois jours de marche, mais la caravane de Gaspard fut retardée à Hébron par une rencontre d'une extrême importance. Hébron n'est qu'une bourgade modeste posée sur trois collines verdoyantes, plantées d'oliviers, de grenadiers et de figuiers. Or elle passe pour avoir été, aux origines des temps, le refuge d'Adam et Ève chassés du Paradis. Ce serait donc la ville de loin la plus ancienne du monde.

Gaspard se proposait d'y établir son camp, afin de visiter les sites mémorables qui s'y trouvent, quand ses éclaireurs lui apprirent qu'une caravane venue de l'est l'avait devancé. Il dépêcha aussitôt un messager officiel pour s'enquérir de l'identité et des intentions de ces étrangers. Ces hommes, lui fut-il rapporté, étaient la suite du roi Balthazar IV, souverain de la principauté chaldéenne de Nipour, lequel lui souhaitait la bienvenue et le priait à souper.

Le camp du roi Balthazar frappait par sa splendeur. Vieillard affable, raffiné et grand amateur d'art, il ne voyait pas pourquoi le voyage aurait dû le priver du confort de son palais. Il se déplaçait donc dans un grand luxe de tapisseries, vaisselles, fourrures et parfums, et avec une suite de peintres, dessinateurs, sculpteurs et musiciens.

À peine reçus, Gaspard et ses compagnons furent baignés, coiffés et parfumés par des jeunes filles expertes dont le type physique ne manqua pas de l'intéresser. On lui expliqua plus tard qu'elles étaient toutes de la race de la reine Malvina, originaire de la mystérieuse et lointaine Hyrcanie. C'était de là que Balthazar, par un délicat hommage à son épouse, faisait venir toutes les servantes du palais de Nipour. De peau très blanche, elles avaient de lourdes chevelures noires comme jais avec lesquelles contrastaient de façon ravissante des yeux bleu clair. Rendu attentif à ces détails par sa malheureuse aventure, Gaspard les dévorait des yeux tout durant qu'elles le bichonnaient. Il ne cessait de les comparer d'une part à ses femmes noires, d'autre part à la blonde Biltine. Mais la première surprise passée, il jugea bientôt que ces beautés brune et bleu n'étaient pas sans défaut. C'était très joli certes une peau très blanche et des cheveux noirs et abondants, mais le contraste n'était pas sans péril. Il nota, par exemple, la trace d'un duvet sombre sur leur lèvre supérieure, et il conclut que les noires et les blondes prennent moins de risques en ne cherchant pas à marier des contraires.

Le lendemain, les deux rois visitèrent ensemble la grotte qui abrite les tombes d'Adam, d'Ève et d'Abraham. Ils flattèrent de la main le tronc du gigantesque térébinthe qui passe pour être le dernier arbre du Paradis terrestre. Ils côtoyèrent le terrain vague hérissé d'épines où Caïn avait assommé son frère Abel. Mais ce qui les retint le plus, ce fut le champ, clos de haies d'aubépine, à la terre fraîchement retournée, dans lequel Yahvé avait modelé la statue d'Adam avant de lui souffler la vie dans les narines.

Balthazar se baissa, prit une poignée de cette terre vénérable, et, ouvrant sa main, il la contempla un moment. Puis il leva les yeux vers Gaspard et approcha la poignée de terre du visage du roi nègre.

– Sais-tu ce que veut dire *Adam* en hébreu ? Cela veut dire : *terre ocre*. Or elle est ocre en effet, cette terre. Ocre, brune, rouge, noire, je ne saurais le dire exactement. Mais ce qui est certain, c'est que sa couleur est la même, oui, rigoureusement la même, que celle de ta peau, ami Gaspard.

« Ainsi donc, il serait raisonnable d'admettre que le premier homme était un Nègre. Adam noir ? Pourquoi pas après tout ? Mais comme c'est curieux ! Car si j'accepte, avec surprise certes, mais sans révolte, un Adam noir, je ne peux admettre en revanche une Ève négresse ! »

Il se tut un moment en laissant glisser la terre fauve entre ses doigts. Puis il se frotta les mains.

– Non, vraiment, ajouta-t-il, je ne peux imaginer Ève que blanche. Et même blonde avec des yeux bleus...

– Avec un nez impertinent, une bouche enfantine et des avant-bras tout pailletés de petits poils dorés, précisa Gaspard qui ne pensait qu'à Biltine.

Pourtant, cette idée d'un Adam noir, d'un premier homme nègre l'avait rempli de fierté et d'une joie telles qu'il n'en avait pas éprouvées depuis bien longtemps, depuis que la comète avait dévasté sa vie.

Le surlendemain, les deux caravanes mêlées – hommes blancs et hommes noirs, chevaux et dromadaires – firent leur entrée à Jérusalem. C'est là qu'ils virent venir à eux un jeune prince, Melchior, qui venait de la Palmyrène. Melchior voyageait à pied, seul avec son ancien précepteur, car il avait été chassé du trône – qui lui revenait à la mort de son père – par son oncle, lequel cherchait à le tuer. Balthazar décida d'adopter ce petit roi sans royaume et de le cacher parmi ses pages.

Jérusalem, c'était la capitale du roi des Juifs, Hérode le Grand. Deux puissantes constructions dominaient la ville : le palais d'Hérode et le nouveau temple dont on achevait la décoration. Tout l'Orient retentissait depuis trente ans des méfaits et des hauts faits d'Hérode, des cris de ses victimes et de ses fanfares victorieuses. La splendeur et l'immensité de son palais et de son temple étaient dignes de sa réputation. Les rois n'avaient jamais vu un pareil déploiement d'escaliers monumentaux, de terrasses étagées, de colonnades de marbre, de tours et de coupoles. C'était vraiment une ville dans la ville, avec toute une population de soldats, de serviteurs, de prêtres et d'artistes. Dix-huit mille ouvriers avaient travaillé à la reconstruction du temple.

Hérode reçut magnifiquement ces hôtes venus de si loin. Il leur attribua des appartements, donna un grand banquet en leur honneur, leur accorda des audiences en tête-à-tête. Ils comprirent bientôt qu'il disposait d'un vaste réseau d'espions et d'agents de renseignement, et qu'il n'ignorait rien de ce qui les amenait en Judée. Bien entendu, il avait observé la comète et interrogé à son sujet ses astrologues et ses théologiens. Il leur apprit que l'astre errant annonçait la naissance à Bethléem – un village situé à une journée de Jérusalem – d'un enfant divin appelé à devenir le roi des Juifs. Il leur suggérait d'y aller, mais leur demandait de revenir lui rendre compte de ce qu'ils auraient vu. Et il y avait comme un sourd grondement de menace dans cette dernière exigence.

Bien entendu, Hérode connaissait la malheureuse aventure de Gaspard et la trahison de Biltine. Il s'en entretint avec lui au cours d'une audience privée qui impressionna profondément le roi nègre. C'est que le roi des Juifs avait vécu dans sa jeunesse un drame dont il ne s'était jamais consolé. Mariamme, sa première femme, la seule qu'il eût jamais aimée, disait-il, l'avait bafoué. Pire que cela : alors qu'il était en visite à Rome auprès de l'empereur Auguste, elle avait comploté son assassinat afin de régner seule avec le général qui était son amant. Comme un scandale avait éclaté, Hérode n'avait pu éviter que Mariamme fût déférée devant un tribunal. Elle avait été condamnée à mort et étranglée. Hérode avait pensé mourir de chagrin. Il avait fait noyer le corps bien-aimé dans un sarcophage ouvert rempli de miel pour le conserver le plus longtemps possible près de lui. Aujourd'hui encore, il ne pouvait évoquer ces faits lointains sans verser des larmes.

Gaspard écouta cette terrible confidence de tout son cœur blessé. Était-il donc possible que l'amour, au lieu d'être source de douceur et de tendresse, mène à tant de sang et de souffrances ? Aurait-il dû agir comme Hérode et faire mourir Biltine et Galéka ? Pourtant deux préoccupations nouvelles l'encourageaient et contribuaient à le détourner de son chagrin d'amour. D'abord la découverte de l'Adam nègre d'Hébron qui avait commencé à le réconcilier avec sa peau. Puis une grande lueur d'espoir : que se passait-il à Bethléem ? Qu'allait-il trouver dans ce village, déjà célèbre parce qu'il avait été jadis le berceau du roi David ?

Une fois encore, la double caravane reprit la route Elle s'enfonça dans la profonde vallée de Gihon et gravit les flancs raboteux de la Montagne du Mauvais Conseil. Les deux rois et le prince déchu avaient encore les yeux éblouis des splendeurs du palais et du temple d'Hérode, les oreilles abasourdies par les récits qu'ils avaient entendus à sa cour. Mais ils étaient portés par une grande espérance. Ils marchaient, le regard fixé sur la comète qui avait reparu dans le ciel, en se demandant ce qui les attendait au village sacré.

– Ce que nous avons trouvé à Bethléem ? racontera plus tard le roi Gaspard à ses enfants, à ses petits-enfants, à ses arrière-petits-enfants, tous noirs et crépus comme lui-même. Après Hérode, nous pensions vaguement à une sorte de super-Hérode, un palais encore plus magnifique que celui de Jérusalem, un roi encore plus puissant.

Ce fut tout le contraire. Une étable misérable, des bergers, des artisans, un bœuf et un âne.

– Et tous ces gens étaient noirs ?

– Que non ! Des Blancs, rien que des Blancs, si bien que nous nous sentions étrangers parmi eux, nous autres Nègres de Méroé. En vérité, tout ce monde entourait un berceau de paille où gigotait un petit enfant. Était-ce possible que ce fût là le nouveau roi des Juifs ? La comète l'attestait qui laissait tomber une traînée de lumière jusque sur le toit de l'étable.

Nous sommes entrés l'un après l'autre pour rendre hommage à l'Enfant. Je voulais lui offrir ce coffret de bâtonnets d'encens que j'avais acheté à Baalouk. Je me suis avancé, j'ai plié le genou, j'ai touché de mes lèvres mes doigts et j'ai fait le geste d'envoyer un baiser à l'Enfant. Et c'est alors que j'ai eu une surprise miraculeuse dont le souvenir n'a cessé depuis de m'illuminer et de me chauffer le cœur. En me penchant sur la crèche, que vois-je ? Un bébé tout noir aux cheveux crépus avec un mignon petit nez épaté, bref, un bébé tout pareil à vous, mes chéris africains !

– Après un Adam noir, un Jésus nègre !

– Mais les parents, Marie et Joseph ?

– Blancs ! affirma Gaspard. Je suis formel, des Blancs, comme Balthazar, Melchior et...

Comme Biltine, compléta l'un des enfants qui connaissait l'histoire du vieux roi.

– Et qu'ont dit les autres en voyant ce prodige · un enfant nègre, né de parents blancs ?

– Eh bien, voyez-vous, ils n'ont rien dit, et moi, par discrétion, pour ne pas les vexer, je n'ai fait ensuite aucune allusion à l'Enfant noir que j'avais vu dans la crèche.

Au fond, je me demande s'ils ont bien regardé. C'est qu'il faisait un peu sombre dans cette étable. Peut-être suis-je le seul à avoir remarqué que Jésus est un Nègre...

Il se tait et contemple en lui cette histoire exemplaire : le roi nègre, devenu fou d'amour par le maléfice de la blondeur, et guéri pour toujours, réconcilié avec lui-même et avec son peuple par le miracle de Bethléem.

BALTHAZAR
LE ROI MAGE DES IMAGES

Il était une fois en Babylonie un petit royaume, le Nipour, dont l'héritier s'appelait le prince Balthazar. Or ce jeune homme n'aimait passionnément ni les chevaux, ni la pâtisserie, ni les armes, ni les femmes, ni l'or. Non, ce qu'il aimait passionnément, le prince Balthazar, c'était les œuvres d'art et surtout le dessin, la peinture et la sculpture. Alors que ses voisins, princes et rois, ne songeaient qu'à la chasse, à la guerre et aux conquêtes, Balthazar ne rêvait que chasse aux trésors artistiques, paix studieuse et conquête des plus grands artistes de son temps. Car il avait bien vite compris – après quelques essais médiocres qu'il ne serait jamais lui-même ni dessinateur, ni peintre, ni sculpteur, mais, puisqu'il était appelé à devenir roi, que sa vocation serait de réunir autour de lui les plus belles œuvres du passé et les plus brillants créateurs du présent.

Tout avait commencé le matin où Balthazar avait découvert sur son balcon un beau papillon diapré qui se dégourdissait lentement du froid de la nuit

L'insecte progressait à petits pas en faisant fonctionner ses grandes ailes bleu et mauve au ralenti. Il avait ainsi escaladé le doigt que le prince avait posé devant lui. Puis le mouvement des ailes s'était accéléré, et, comme le prince levait la main bien haut vers le ciel, le papillon s'était envolé d'une allure zigzagante et indécise en direction de la vallée où coulait un affluent du Tigre.

Cette vallée, dont la profondeur verdoyante se perdait dans la brume, Balthazar ne cessait d'en rêver et il mûrissait le projet d'y descendre seul un jour pour voir, pour découvrir, pour apprendre... il ne savait quoi. Mais auparavant, il convoqua le régisseur chargé de l'entretien du palais, et il lui commanda un étrange appareil dont il lui remit le plan. Il s'agissait d'une baguette de jonc terminée par un cercle de métal, lui-même coiffé par une sorte de bonnet en tissu à grosses mailles. Le prince Balthazar venait d'inventer le filet à papillons. Et c'est armé de cet engin gracieux et ridicule qu'il s'élança un matin vers la vallée des papillons.

Ailé de joie chantante, il sautait de rocher en rocher, franchissait les ruisseaux, traversait des prairies dont les hautes fleurs lui caressaient les joues. Plus il s'éloignait des monts où était construite la sévère forteresse de ses pères, plus l'air s'adoucissait, plus le paysage riait, plus nombreux aussi étaient les papillons qui voletaient autour de sa tête. Or il ne se hâtait pas de les capturer, car il avait remarqué qu'ils semblaient tous venir du même point, un petit bois d'eucalyptus sous lesquels on devinait quelques toitures couronnées d'une fumée légère. Il paraissait donc qu'une sorte de ferme se cachait là, et que le jeune prince y trouverait le secret des papillons.

C'était bien une ferme, en effet, et le nuage qui s'élevait d'une de ses cheminées n'était pas un nuage de fumée, comme on aurait pu le croire de loin, mais une multitude de petits papillons, tous semblables, gris clair, presque translucides.

Un chien se précipita à sa rencontre en aboyant, comme il entrait dans une cour formée par trois bâtiments à toits de palme. Un homme en sortit, grand, maigre, drapé dans une tunique jaune à manches longues. Il tendit la main à Balthazar, non pour le saluer, mais pour le débarrasser de son filet à papillons. Balthazar lui dit qui il était, et qu'il avait quitté le matin même le palais de Nipour. L'homme se présenta à son tour : Maalek, maître des papillons. Et comme pour justifier ce titre, il invita l'enfant à visiter son étrange domaine.

La première maison était celle des chenilles. Elles étaient là par milliers, perchées sur des rameaux feuillus, et le bruit qu'elles faisaient en dévorant les feuilles emplissait l'air d'un crépitement assourdissant. Ces chenilles étaient de cent espèces différentes, lisses comme des serpents ou velues comme des ours, brunes, vertes ou dorées, mais toutes se composaient de douze anneaux articulés, terminés par une tête ronde à la mâchoire formidable.

Ensuite Maalek l'entraîna dans la seconde maison : c'était celle des cocons. Là, plus de mouvement, plus de bruit. On ne voyait que des branchettes de bois sec, chargées de petits fruits étranges, enveloppés dans des housses de soie. La vie se cache dans le cocon, car la chrysalide y travaille à sa métamorphose. Bientôt, le papillon terminé ronge le sommet du cocon et en sort humide, tremblant et tout fripé encore.

Enfin, Balthazar fut conduit dans une petite pièce où régnait une violente odeur de résine. C'était là que les papillons qu'on voulait conserver étaient asphyxiés à l'aide d'un bâtonnet enflammé, enduit de myrrhe. La myrrhe est une résine dont les anciens Égyptiens se servaient pour embaumer leurs morts et en faire des momies. Maalek donna en souvenir à Balthazar un bloc de myrrhe. Cela ressemblait à un savon rougeâtre, un peu gras et très parfumé.

Les murs de la pièce étaient couverts par des milliers de papillons exposés dans des boîtes de cristal. Il y en avait de toutes les tailles, formes et couleurs. Mais ceux que Balthazar admira le plus possédaient des « sabres », prolongements fins et recourbés des ailes inférieures, et on voyait sur leur corps un écusson en forme de dessin souvent géométrique, parfois en forme de tête humaine. On les appelait des *Chevaliers Portenseignes*.

Maalek en choisit un et le donna à son jeune visiteur en affirmant que c'était son portrait qu'on voyait dessiné sur son thorax. Et il décida que ce papillon s'appellerait le *Portenseigne Balthazar*.

Le lendemain, le prince reprit le chemin de Nipour.

Il avait laissé à Maalek son filet à papillons, mais il serrait sur son cœur une petite boîte où le Portenseigne Balthazar étendait ses ailes. Il emportait aussi dans sa poche le bloc de myrrhe, cette substance grâce à laquelle les morts égyptiens et les beaux papillons durent éternellement.

Balthazar ne fut pas seulement grondé pour cette escapade imprévue qui avait inquiété ses parents. Il devait à cette occasion découvrir la force d'une loi religieuse du royaume de Nipour qui interdisait les images en général et les portraits en particulier[1]. Très imprudemment, il avait montré à tout le monde son beau papillon en affirmant que c'était son portrait que l'on voyait gravé sur le corselet de l'insecte. Il n'avait pas remarqué les grimaces de désapprobation qu'avaient faites certaines personnes pieuses en l'entendant. Mais un jour, en rentrant dans sa chambre, il trouva par terre la boîte de verre et le Chevalier Portenseigne écrasés comme avec un caillou ou une massue. Tout le monde resta sourd à ses cris et à ses protestations. Il ne put jamais savoir qui avait commis cet acte barbare, bien qu'il soupçonnât un jeune prêtre fanatique, le vicaire Cheddâd.

Un peu plus tard, Balthazar obtint de son père de voyager dans les pays voisins les plus riches en œuvres d'art. Il découvrit ainsi les pyramides et le sphinx

1. Cette loi existe encore actuellement dans les religions juive et musulmane.

d'Égypte, le Parthénon de la Grèce, les mosaïques de Carthage, les tapisseries de Chaldée, les fresques d'Herculanum. Il rapporta de nombreux souvenirs glanés au cours de son voyage, mais surtout il revint avec la certitude qu'il n'y aurait jamais rien dans sa vie qui fût plus important que la beauté et les œuvres d'art qui la célèbrent.

Il avait dix-huit ans quand son père l'interrogea, un jour, sur ses projets. Balthazar était appelé à lui succéder sur le trône de Nipour. Rien ne pressait évidemment, mais un roi devait se marier, car il convenait qu'il y eût dans les cérémonies une reine à ses côtés. Cette idée de fiançailles et de mariage prit le jeune homme tout à fait au dépourvu. Il ne s'était jamais intéressé qu'à des femmes peintes ou sculptées. Or c'est justement par cette voie que le destin devait le mener au mariage.

Des caravanes arrivant par la vallée du Tigre venaient de déverser dans les souks de Nipour des bijoux, des tentures, des vêtements brodés. Selon son habitude, Balthazar s'était précipité pour faire son choix dans ce bric-à-brac qui sentait le désert et l'Orient. C'est ainsi qu'il trouva un ancien miroir sur lequel on avait peint un portrait. Il s'agissait d'une jeune fille très pâle, aux yeux bleus et dont l'abondante chevelure noire croulait sur son front et ses épaules. Elle avait l'air grave, et comme elle paraissait très jeune, on aurait pu lui trouver la mine un peu boudeuse.

Balthazar évidemment ne savait rien sur elle. Peut-être était-elle née un siècle plus tôt, peut-être n'avait-elle jamais existé ? Cette incertitude même entourait de mystère et de charme le visage juvénile et mélancolique du portrait.

À quelque temps de là, le roi fit une courte apparition dans les appartements de son fils. Apercevant le miroir peint, il lui demanda qui était cette jeune fille.

– C'est la femme que j'aime et que je veux comme épouse, répondit Balthazar, surpris lui-même de cette idée qui lui était venue à l'instant.

Mais il dut bien avouer ensuite qu'il n'avait aucune idée de son nom, de ses origines, ni même de son âge. Le roi haussa les épaules et se dirigea vers la porte. Puis il se ravisa et revint vers lui.

– Veux-tu me confier ce portrait trois jours ? lui demanda-t-il.

Trois jours plus tard, il reparaissait chez Balthazar, le miroir peint à la main.

– Voilà, lui dit-il, elle s'appelle Malvina et demeure à la cour du roi d'Hyrcanie dont elle est une nièce éloignée. Elle a comme toi dix-huit ans. Veux-tu que je la demande pour toi ?

Pour identifier la jeune fille du portrait, il avait envoyé une foule d'enquêteurs interroger les caravaniers venant du nord et du nord-ouest. Balthazar accepta avec une joie un peu officielle ce projet de mariage.

Trois mois plus tard, Malvina et lui étaient unis, le visage couvert d'un voile selon la coutume de Nipour.

C'était donc avec une ardente curiosité qu'il attendait le moment où, d'une main tremblante, il dévoilerait sa jeune femme. Son visage serait-il fidèle au portrait qu'il aimait ?

Il faut avouer que ses sentiments étaient bien étranges. Les autres jeunes gens aimaient une femme et emportaient avec eux un portrait qui lui ressemblait. Lui, c'était un portrait qu'il aimait, et il attendait de sa jeune épouse qu'elle ressemblât à ce portrait !

Il ne fut pas déçu. Malvina était aussi belle que son image. D'ailleurs, Balthazar pouvait en juger jour et nuit, car le miroir peint était pendu en bonne place au mur de leur chambre conjugale.

Au commencement donc, tout alla le mieux du monde. Mais les années passant, Malvina évoluant de la frêle jeune fille vers la beauté épanouie d'une matrone orientale, Balthazar ne pouvait se dissimuler qu'elle perdait peu à peu toute ressemblance avec l'image gracieuse et mélancolique qui continuait à lui chauffer le cœur chaque fois qu'il la regardait.

Sa fille aînée, Miranda, devait avoir sept ans quand elle s'aventura un matin dans la chambre de ses parents. Désignant du doigt le miroir peint, elle demanda qui c'était. Se pouvait-il qu'elle ne reconnût pas sa mère !

– Regarde bien, lui dit son père, c'est quelqu'un que tu connais.

Elle gardait obstinément le silence en secouant ses boucles sombres, un silence insultant pour sa mère et qui remplissait Balthazar de tristesse. S'il avait eu le moindre doute sur le changement subi par son épouse, la brutale franchise de la fillette le lui eût enlevé. C'est alors qu'il fut frappé comme la foudre par la ressemblance évidente du visage de la fillette – enfantin, mais grave aussi, un peu boudeur – avec celui reproduit sur le miroir, une ressemblance qui allait bien sûr s'accentuer d'année en année.

– Eh bien ! lui dit-il, c'est toi, c'est toi quand tu seras grande. Alors, tu vas emporter ce portrait. Je te le donne, car il n'a plus sa place ici. Tu vas le mettre au-dessus de ton lit, et chaque matin tu le regarderas et tu diras : « Bonjour, Miranda ! »Et de jour en jour, tu verras, tu te rapprocheras de cette image.

Il présenta le portrait aux yeux de la fillette, laquelle docilement s'inclina en disant : « Bonjour, Miranda ! »Puis elle le mit sous son bras et s'enfuit.

Ainsi Balthazar s'était débarrassé de cet objet devenu maléfique, car non seulement il le détournait chaque jour davantage de son épouse, mais voici qu'il menaçait maintenant de le rendre amoureux de sa propre fille.

Les années passèrent. Le roi ayant disparu, Balthazar lui succéda sur le trône de Nipour. Il s'attacha d'abord à régler dans la paix et la prospérité toutes les affaires du royaume. Puis il entreprit une série d'expéditions dont le but était de prendre connaissance des richesses artistiques des pays voisins. Mais, bien entendu, il ne se contentait pas de visiter et d'admirer. Comme il était riche, il achetait également des œuvres d'art. Et il lui arrivait aussi d'ouvrir des chantiers et de diriger des fouilles pour mettre à jour les trésors du passé. Il y avait ainsi un courant continuel de tableaux, de statues et de céramiques qui étaient acheminés vers Nipour sur le dos des chameaux et dans les cales des navires.

Balthazar fit construire un musée plus beau que son propre palais qu'il appela le *Balthazareum*. Il ne connaissait pas de plus grand bonheur que d'enrichir par ses efforts et ses sacrifices ce musée qui était l'œuvre de sa vie. Quand il venait d'acquérir une nouvelle merveille, il se réveillait la nuit pour rire de joie en l'imaginant exposée à la place qui lui reviendrait dans le musée.

Cependant, à force de rechercher, de collectionner et de contempler des œuvres d'art, Balthazar réfléchissait et se posait quelques questions. Ce que lui montraient l'art grec et plus encore l'art égyptien, c'était des dieux, des monstres sacrés, des héros surhumains, toujours des corps éclatants de force et de beauté, des visages illuminés par l'éternité, des attitudes d'une sublime noblesse, qu'il s'agisse d'Isis et d'Osiris, de Jupiter et de Diane, d'Hercule et du Minotaure. « Sans doute, sans doute, se disait-il, mais que deviennent dans tout cela la pitié, la tendresse, le sourire timide que fait naître la première lueur de l'aurore après une nuit d'angoisse ? » Car il savait regarder autour de lui la vie quotidienne et les gens ordinaires, et il avait vite découvert la beauté bouleversante qui peut se cacher dans une modeste servante, un mendiant pouilleux ou un petit enfant. Il comprenait de moins en moins que les artistes s'évadent toujours vers les hauteurs du ciel, et paraissent mépriser la vérité humaine de chaque jour, vouée à disparaître, enfouie souvent sous des ordures, mais d'autant plus précieuse et émouvante.

Il avait fait la connaissance d'un jeune artiste babylonien qui s'appelait Assour et qui semblait chercher comme lui la voie d'un art nouveau, plus proche de la vie concrète. Assour possédait des mains véritablement magiques. Quand Balthazar lui parlait, il ne manquait pas de regarder parfois ses mains toujours occupées à quelque tâche créatrice. Il griffonnait des esquisses sur un papyrus, ou bien, modelant une boule de glaise, il en faisait une rose, un ânon, une tête d'homme, un corps accroupi. Il le surprit une fois achevant un portrait de femme. Ce visage n'était ni jeune, ni beau, ni apprêté, bien au contraire. Mais il y avait comme un rayon de douceur dans ses yeux, dans son faible sourire, dans toute sa tête légèrement penchée.

– Hier, raconta alors Assour, je me trouvais près de la Fontaine du Prophète, celle qui coule si chichement et encore avec des interruptions capricieuses. L'eau venait tout juste de sourdre, claire et limpide ; des femmes et des enfants portant des cruches et des outres se disputaient l'abord de la margelle. Or il y avait au dernier rang un vieillard infirme qui n'avait pas la moindre chance de remplir la timbale de tôle qu'il tendait en tremblant. C'est alors que cette femme qui venait à grand-peine d'en tirer une amphore s'est approchée et a partagé son eau avec lui. Ce n'était rien, un geste d'amitié infime dans un monde où règnent la brutalité et la cruauté. Mais je n'ai pas oublié le visage de cette femme accomplissant son geste, la lumière venue du cœur qui l'embellissait divinement.

C'est cela que j'ai voulu reproduire dans ce dessin, et j'avoue que j'y trouve une plus grande noblesse que dans les monstres égyptiens et les héros grecs.

Ainsi vivait et pensait le roi Balthazar entre ses expéditions artistiques et son beau musée. Jusqu'au jour où le malheur vint le frapper dans ce qu'il avait de plus cher.

Il se trouvait assez loin de son royaume, à Suse, et il faisait avec ses amis des recherches dans les tombes de la famille du roi Darius Ier. Ils venaient de remonter des caveaux des vases funéraires et des crânes incrustés de pierres précieuses, butin splendide mais maléfique, quand ils virent, accourant de l'ouest, un cheval noir ailé de poussière blanche. Ils eurent quelque peine à reconnaître dans le cavalier l'un des frères d'Assour, tant son visage était creusé par cinq jours de galopade éperdue et par la terrible nouvelle qu'il apportait. Le Balthazareum n'existait plus. Une émeute, partie des quartiers les plus misérables de la ville, l'avait assiégé. La foule avait massacré les fidèles gardiens qui tentaient d'en défendre les portes. Puis une mise à sac en règle n'avait rien laissé de ses trésors. Ce qui ne pouvait être emporté avait été brisé à coups de masse. D'après les cris et les étendards des émeutiers, c'était au nom de la loi condamnant les images peintes et sculptées que le soulèvement avait eu lieu. On voulait en finir avec ce musée qui ressemblait à un temple païen plein d'idoles et insultait à la majesté de Dieu.

Balthazar connaissait assez la populace de Nipour. Ce n'était certes pas des motifs religieux qui pouvaient la faire bouger. Bien plutôt, elle avait été payée par le vicaire Cheddâd qui n'avait pas renoncé à son fanatisme. Ainsi, à cinquante ans de distance, la main qui avait écrasé le beau papillon Portenseigne dont le corselet reproduisait le portrait du petit Balthazar, cette même main venait de détruire l'œuvre et la raison d'être du vieux Balthazar.

Longtemps le roi demeura blessé et silencieux au fond de son palais. Il avait soudain vieilli. Ses cheveux blancs, sa taille courbée, son regard éteint, les rares paroles qu'il prononçait, les repas succulents qu'il renvoyait aux cuisines sans y avoir touché, tout trahissait son découragement et sa tristesse.

Cela dura jusqu'au jour où l'apparition d'une comète dans le ciel de Nipour vint mettre les habitants en grand émoi. Une comète est une étoile qui s'enveloppe d'une sorte de chevelure de lumière tremblante. D'ailleurs le mot comète vient du grec et signifie *astre chevelu*. En outre, la course d'une comète n'obéit à aucune loi. C'est une promenade fantasque dans le ciel. Venue du sud, celle-ci évoluait en direction du nord-ouest.

Il faut également rappeler la croyance selon laquelle l'apparition d'une comète annonce des événements considérables, presque toujours sinistres, famine, tremblement de terre ou révolution.

Du fond de son marasme, Balthazar accueillit la nouvelle avec soulagement. Il était d'humeur si noire que tout changement important ne pouvait que lui faire du bien. Réunis en colloque, les astrologues du royaume discutaient éperdument de la nature et de la signification de l'astre chevelu. À leur surprise, le roi fit irruption parmi eux et affirma que cette comète ressuscitait en lumière céleste le beau papillon de son enfance, qu'elle était de bon augure, et qu'il se préparait à la suivre avec une escorte légère, comme il avait jadis suivi un papillon, un filet à la main. Les astrologues furent bien obligés de s'incliner, mais ils partirent convaincus que leur malheureux roi, frappé par la destruction de son musée, avait perdu la raison.

C'est ainsi que, dans les premiers jours de décembre, le roi Balthazar prit le chemin du nord-ouest en brillant équipage, une cinquantaine d'hommes, vingt chevaux et tout ce qui est nécessaire au confort et au raffinement de la vie – tentes, vaisselles, provisions de bouche. Il convient d'ajouter que, rappelé à son enfance par l'évocation du papillon, le roi avait retrouvé dans un tiroir et emporté avec lui le bloc de myrrhe que lui avait jadis offert le sage Maalek.

Où allait donc le papillon de feu ? Vers le nord-ouest, avons-nous dit. Cela menait nos voyageurs en Judée, et même droit sur sa capitale, Jérusalem, où résidait le terrible roi des Juifs, Hérode le Grand. Mais la veille de leur entrée dans la ville, ils firent une étape à Hébron où ils eurent la surprise d'une bien curieuse rencontre. Il s'agissait d'un roi africain, et de sa suite, montant du sud, sur la trace lui aussi de la comète d'or.

Le roi Gaspard régnait sur Méroé, au sud de l'Égypte, non loin des sources du Nil. Il était noir et voyageait avec une escorte de dromadaires. Sa principale richesse semblait être une résine qui, en brûlant, répand une odeur exquise, et qu'on appelle l'encens. Pour le reste, il laissa entendre à mots couverts qu'il suivait la comète pour se changer les idées, ayant éprouvé un violent chagrin d'amour. Par pudeur, il n'en dit pas plus. Par discrétion, Balthazar ne chercha pas à en savoir davantage.

Les deux cortèges se mêlèrent, hommes blancs et hommes noirs, chevaux et dromadaires. Il faut préciser que Balthazar et Gaspard était très vite devenus des amis. Le lendemain, ils franchissaient ensemble la porte de Jérusalem. Prévenu par une délégation commune, le terrible roi Hérode avait décidé de se montrer accueillant, et les deux rois furent logés avec leur suite dans le palais même. Bientôt d'ailleurs, un troisième roi vint se joindre à Gaspard et à Balthazar.

Mais peut-on vraiment parler de roi à propos du prince Melchior ? C'était un jeune homme pauvre et mélancolique qui voyageait à pied accompagné de son ancien précepteur. Le prince Melchior avait été chassé de son royaume – la Palmyrène – par son oncle, alors que la mort de son père aurait dû le faire monter sur le trône. L'oncle félon avait même tenté de faire assassiner le jeune Melchior, lequel tremblait encore d'être reconnu. Mis au courant de ces faits, Balthazar décida de recueillir le prince dépossédé, et il le cacha parmi ses propres pages.

Amateur d'art et d'architecture, Balthazar se passionnait pour tout ce qu'il y avait à voir dans le palais d'Hérode et plus encore dans le temple des Juifs dont on achevait justement la construction. Accompagné du jeune Assour, il parcourait les terrasses ombragées de toitures légères en sparterie, les escaliers grandioses taillés dans le granit, les esplanades bordées d'arcades, les salles d'honneur si vastes que les colonnes y faisaient comme une forêt de marbre vert. Pourtant, cette splendeur ne pouvait leur masquer la sévérité farouche de ces lieux : pas une peinture, pas une fresque, pas une statue. L'interdiction des images peintes et sculptées imposée par la loi juive était respectée ici avec la plus extrême rigueur. Balthazar et Assour se sentaient tristes et oppressés dans ce palais et dans ce temple que seuls décoraient de rares et secs motifs géométriques. Il y avait pourtant une exception – une seule – à cette règle. Au-dessus de la grande porte du temple était placé, les ailes ouvertes, un grand aigle d'or. Les visiteurs allaient apprendre son histoire de la bouche même du maître des lieux.

Un soir, en effet, le roi Hérode donna un grand banquet en l'honneur des rois venus d'Orient. Ce fut une soirée mémorable au cours de laquelle, notamment, le conteur indien Sangali raconta l'histoire de Barbedor[1]. Quant aux mets qui furent servis, il y avait de quoi surprendre même des voyageurs venus du bout du monde. Après des scarabées dorés grillés dans du sel, des cervelles de paon, des yeux de mouflon et des langues de chamelon, on servit comme plat de résistance des vautours rôtis avec une garniture de trompettes de la mort.

Le roi Hérode menait la conversation, et, par courtoisie, il parlait à chacun de ce qu'il savait le préoccuper au premier chef. C'est ainsi que, s'adressant au roi Balthazar, il aborda le sujet des œuvres d'art et de l'interdiction que la religion faisait peser sur elles.

– Je n'ignore rien, lui dit-il, de la destruction de ton Balthazareum. Ma police est partout. Si tu veux la liste des coupables, je la tiens à ta disposition. Mais laisse-moi te dire que tu t'es montré en la circonstance d'une mollesse déplorable. Il fallait frapper, tu m'entends, frapper sans pitié au lieu de gémir et de laisser blanchir tes cheveux. Tu aimes la peinture, la sculpture, le

1. Lire l'histoire de *Barbedor*, dans *Sept contes*, de Michel Tounier dans la collection Folio junior.

dessin, les images. Moi aussi. Tu es fou d'art grec. Moi aussi. Tu te heurtes au stupide fanatisme de tes prêtres. Moi aussi. Mais écoute l'histoire de l'aigle du temple.

Comme tu as pu le voir, je viens de terminer la construction du nouveau temple de Jérusalem. Entreprise gigantesque ! Le nombre des ouvriers qui y ont travaillé dépasse dix-huit mille. Comme le Saint des Saints ne doit pas être touché par des mains profanes, il fut rebâti par des prêtres en ornements à qui on avait enseigné la taille et la maçonnerie. Sur le fronton du portail, j'ai fait planer les ailes ouvertes un aigle d'or de six coudées[1] d'envergure. Pourquoi cet aigle ? Parce qu'il est l'emblème de Rome, notre grande et fidèle alliée, à qui nous devons paix et prospérité.

Or il se trouve qu'étant malade, les médecins me conseillent le repos à la campagne. Je me retire dans un jardin que j'ai à Jéricho, et je me soumets à une cure de bains chauds et sulfureux. Je ne sais pourquoi, peu après, le bruit de ma mort se répand à Jérusalem. Aussitôt, deux docteurs, Judas et Mattatias, rassemblent leurs élèves et leur expliquent qu'il faut abattre cet emblème qui viole l'a loi interdisant les images et rappelle la domination romaine. En plein midi, alors que le parvis du temple grouille de monde, des jeunes gens grimpent sur le toit de l'édifice. À l'aide de cordes, ils se laissent glisser jusqu'à la hauteur du fronton, et là, à coups de hache, ils mettent en morceaux

---

1. Une coudée égale environ cinquante centimètres.

l'aigle d'or. Malheur à eux, car Hérode le Grand n'est pas mort ! Les gardiens du temple et les soldats interviennent. On arrête les profanateurs et ceux qui les excitaient, en tout une quarantaine d'hommes. Ils sont jugés, condamnés. D'ailleurs, j'assiste au procès, couché sur une civière. Ils auront la tête tranchée, sauf Judas et Mattatias qui seront brûlés vifs Voilà, Balthazar, comment un roi qui a l'amour de l'art doit défendre les chefs-d'œuvre !

Le roi de Nipour avait écouté ce discours véhément qui s'adressait tout particulièrement à lui. Invité d'Hérode, moins âgé et moins puissant que lui, il se tut par courtoisie. Mais il n'en pensait pas moins, et il était bien loin de partager les vues du tyran. L'amour de l'art ? Mais comment l'amour de l'art pouvait-il inspirer tant de haine et de violence ? L'art n'était-il pas, au contraire, toujours un encouragement à la douceur, à la générosité, à la fraternité ? L'œuvre d'art n'était-elle pas, par son seul rayonnement, la plus belle leçon de morale qui existe ? C'était du moins ainsi que l'entendait Balthazar.

Cependant, Hérode avait changé de sujet. Il parlait maintenant de la fameuse comète dont tout le monde se demandait ce qu'elle signifiait : bonne nouvelle ou mauvais augure. Il avait réuni ses astrologues et leur avait demandé de se prononcer. Or ceux-ci, en hochant leur chapeau pointu et en agitant leurs manches vastes comme des ailes, avaient expliqué qu'à une journée de Jérusalem, dans un bourg appelé

Bethléem était né un enfant qui serait le futur roi des Juifs. Au demeurant, c'était déjà à Bethléem qu'était né, mille ans auparavant, le grand roi David.

Hérode ne paraissait guère croire à cette comète et à la naissance d'un petit roi des Juifs. Du moins faisait-il mine de prendre cette histoire à la légère. Mais comment se fier à ce vieillard rusé et cruel ? Le voici maintenant qui explique aux rois mages qu'il irait volontiers à Bethléem rendre hommage à l'Enfant-Roi. Mais il est faible et malade. Il ne supporterait pas les fatigues du voyage. Qu'ils y aillent donc à sa place. Il les délègue en quelque sorte. Qu'ils y aillent et reviennent ensuite à Jérusalem lui rendre compte de ce qu'ils auront vu. Mais qu'ils ne s'avisent pas de le trahir, car sa vengeance serait terrible.

Le cortège s'est formé à nouveau et se dirige maintenant vers le sud. C'est un somptueux équipage qui mêle hommes blancs et hommes noirs, chevaux et dromadaires, chiens lévriers et perroquets verts. Les pauvres paysans qui voient passer cette cavalcade sont effarés par ces cliquetis de mors, d'étriers et d'armes, par ces ordres et ces appels lancés dans des langues inconnues, par le reflet des torches sur les casques et les boucliers. La route à suivre est facile, car non seulement on sait qu'on se rend à Bethléem, mais jamais la comète n'a été aussi lumineuse et sa signification aussi évidente. Bercé par le pas de sa jument, Balthazar a les yeux fixés sur elle, et il continue à voir en elle un papillon de feu, le Portenseigne de son enfance miraculeusement revenu pour illuminer sa vieillesse. Dans son esprit, deux drames se confondent désormais : la populace de Nipour détruisant son cher Balthazareum, et la révolte des jeunes de Jérusalem abattant l'aigle du temple. Parfois, il jette un coup d'œil sur sa droite, et il observe son jeune compagnon Assour, plongé lui aussi dans ses pensées. Or Balthazar devine les pensées d'Assour, parce qu'il partage ses doutes et son attente.

L'aigle d'or du temple de Jérusalem était bien de la même famille que les dieux, les héros et les monstres du Balthazareum : des produits de cet art surhumain, orgueilleux qui ressemble à un défi lancé par la terre au ciel, une sorte de conquête par l'artiste de l'éternité. Hérode était bien incapable d'imaginer un art nouveau fait de douceur et de tendresse, et qui saurait célébrer la splendeur des gens simples et des choses de tous les jours.

Balthazar et Assour se demandent également ce qu'ils vont trouver à Bethléem. On leur a parlé d'un enfant qui serait le futur roi des Juifs. Vont-ils donc se présenter à Bethléem – comme ce fut le cas à Jérusalem – à la porte d'un immense palais qui s'ouvrirait pour eux, et une cour brillante va-t-elle les accueillir ?

Ils sont d'abord surpris de trouver Bethléem si humble. On leur avait dit : une bourgade, où mille ans auparavant était né le grand roi David. Or il s'agit tout au plus d'un gros village posé sur le dos d'une colline, dont les maisons toutes pareilles s'agrémentent de modestes terrasses et de petits jardins limités par des murets de pierres sèches. Comment trouver la résidence d'un roi parmi ces banales maisons? Heureusement, la comète est là, fidèle au rendez-vous, enfin immobile, comme une veilleuse au-dessus d'un sanctuaire, et, lorsque le cortège des rois est parvenu au centre du village, une coulée de lumière en descend et tombe sur une misérable bergerie.

Les compagnons de Balthazar s'arrêtent stupéfaits. Non seulement il n'y a ni palais ni demeure royale à Bethléem, mais voici que la comète désigne de son doigt de feu la plus misérable masure. Il y a malentendu... ou dérision. Seul Balthazar commence à comprendre. Quant à Assour, son sourire veut dire sans doute qu'il a, lui, tout à fait compris.

Ils mettent pied à terre et poussent la porte de planches vermoulues de ce qui doit être une bergerie, une étable ou une écurie. Ce qu'ils voient en premier dans la chaude pénombre intérieure, c'est un rayon de lumière qui traverse la toiture de chaume et tombe sur un petit enfant niché dans la paille. Ce rayon de lumière vient sans doute de la comète, mais il a aussi vaguement forme humaine. On dirait un géant lumineux debout et qui accomplirait des gestes lents et majestueux. Un géant ou un ange peut-être... Mais il y a aussi des silhouettes, tout humaines, une femme très jeune, presque une adolescente, un homme plus âgé, aux allures d'artisan, des villageois, des servantes, des bergers aussi, tout un menu peuple mystérieusement attiré par cette naissance d'une pauvreté presque sauvage. Et il ne manque même pas, dans ce réduit sentant le foin et le cuir des harnais, la haute et rassurante silhouette d'un bœuf et d'un âne qui abaissent leur lourde tête vers le berceau de paille.

Balthazar s'agenouille le premier à la fois par dévotion et pour voir de plus près le bébé qui tend ses petits bras vers lui. Il dépose en offrande le bloc de myrrhe, cette résine odorante qui confère l'immortalité au corps des papillons et à celui des Égyptiens. Mais voici qu'à côté de lui s'agenouille à son tour Gaspard, le roi noir, qui porte une cassolette remplie de charbons ardents. Avec une cuiller d'or, il verse sur les braises un peu de poudre d'encens, et des volutes de fumée bleue montent et se tordent dans la colonne de lumière toujours debout et mouvante au centre de l'étable.

Puis les rois reculent dans l'ombre pour laisser place à tous ceux qui veulent approcher également et adorer l'Enfant-Dieu. C'est ainsi que Balthazar retrouve Assour, resté volontairement en retrait, et qui adore lui aussi, mais à sa manière, c'est-à-dire une feuille de parchemin et un fusain à la main. Ils échangent quelques mots – le roi de Nipour et le petit dessinateur babylonien – mais il est bien difficile de savoir auquel revient telle ou telle phrase dont l'écho est arrivé jusqu'à nous.

– Ce n'est qu'un petit enfant né dans la paille entre un bœuf et un âne, dit l'un, pourtant une colonne de lumière veille sur lui et atteste sa majesté.

– Oui, dit l'autre, car cette étable est un temple, et si

le père a l'air d'un artisan charpentier et la mère toutes les apparences d'une petite servante, cet homme est un patriarche et cette femme une vierge immaculée.

– Nous assistons à cette heure à la naissance d'un art nouveau qu'on appelle l'art chrétien. Cette maman clocharde penchée sur son petit clochardot manifeste à nos yeux la descente de Dieu au plus épais de notre misérable humanité.

– Nous allons retourner à Nipour afin d'y porter la bonne nouvelle. Nous convaincrons les peuples, mais aussi les prêtres, et même ce vieux Cheddâd tout racorni dans son fanatisme : l'image est sauvée, l'art n'est plus maudit. Le visage et le corps de l'homme peuvent être célébrés sans idolâtrie, puisque Dieu a pris ce visage et ce corps.

– Je vais reconstruire le Balthazareum mais non plus pour y collectionner des statues grecques et égyptiennes. Je vais y faire travailler des artistes d'aujourd'hui qui créeront les premiers chefs-d'œuvre de l'art chrétien.

C'est alors que Balthazar se penche sur le dessin qu'Assour est en train d'achever à traits rapides. N'est-ce pas justement le tout premier de ces chefs-d'œuvre, et comme leur matrice ? Tournant le parchemin vers la colonne de lumière pour voir ce qui s'y trouve figuré, Balthazar voit des personnages chargés d'or et de pourpre, venus d'un Orient fabuleux, qui se prosternent dans une étable misérable devant un petit enfant.

Or ce simple dessin ne ressemble à rien de ce que Balthazar – pourtant grand connaisseur d'art – a pu voir dans les nombreux pays où il a voyagé. Il y a là des ombres, des parties, au contraire, vivement éclairées, un jeu subtil d'oppositions entre le clair et l'obscur qui donnent une profondeur et un mystère admirables à toute la scène.

– Forcément, dit Assour, comme pour excuser l'audace de son œuvre, cette étable ténébreuse, avec ces éclairs de lumière, ces silhouettes noires, ces visages blancs...

– Forcément, dit Balthazar émerveillé par la prodigieuse nouveauté de ce dessin, tant de pauvreté mêlée à tant de splendeur, la grandeur divine incarnée dans la misère humaine... C'est la première image sacrée, celle qui va féconder des siècles et des siècles de peinture.

Et Assour, éperdu de joie, regarde devant lui, droit dans la colonne de lumière, et il y voit l'avenir comme une immense galerie de miroirs où se reflète, chaque fois selon l'esprit d'une époque différente, la même scène reconnaissable : l'Adoration des Mages.

TAOR DE MANGALORE

PRINCE DU SUCRE
ET SAINT DU SEL

Il était une fois en Inde un petit royaume, le Mangalore, dont l'héritier s'appelait le prince Taor. Or ce jeune homme n'aimait passionnément ni les armes, ni l'or, ni les femmes, ni les œuvres d'art, ni les chevaux. Non, ce qu'il aimait passionnément, c'était les bonbons, les gâteaux et, d'une façon générale, tout ce qui est sucré.

Taor avait vingt ans. Mais le Mangalore était gouverné par la reine mère depuis la mort du Maharajah. Or le goût du pouvoir s'étant emparé de la reine, elle s'efforçait de tenir son fils à l'écart des affaires du royaume et flattait de son mieux sa paresse, sa frivolité et surtout le goût immodéré pour les sucreries qu'il avait manifesté dès son plus jeune âge. Elle lui avait donné pour compagnon un esclave, Siri Akbar, qui lui était tout dévoué et qui, sous prétexte de céder à tous les caprices du prince, contribuait à le maintenir loin du pouvoir. Il convient d'ajouter que le Mangalore étant limité par la mer et les déserts, non seulement

Taor n'avait jamais quitté son royaume, mais il ne s'était aventuré que rarement hors des jardins de son palais.

Ce jour-là, Siri Akbar avait cru bien faire en apportant à son jeune maître une cassette de santal incrustée d'ivoire, qu'il venait d'acheter à des navigateurs arrivés récemment de l'Occident.

– Voici, Seigneur, le dernier don que te font les pays du Couchant. Il a voyagé trois mois pour venir jusqu'à toi.

Taor prit la cassette, la soupesa et la porta à ses narines.

– C'est léger, mais ça sent bon. Ouvre-la, dit-il en la tendant à Siri.

De la poignée de son glaive, le jeune esclave frappa à petits coups le cachet qui tomba en poussière. Le couvercle fut soulevé sans difficulté. La petite boîte retourna entre les mains du prince. À l'intérieur, il n'y avait, dans un logement carré, qu'un petit cube d'une substance molle et verte, couvert de poudre blanche. Taor le prit délicatement entre le pouce et l'index.

– La poudre blanche, c'est du sucre farine, dit-il. La couleur rappelle la pistache.

Puis il ouvrit la bouche et y glissa la petite friandise. Les yeux fermés, il attendait. Enfin, sa mâchoire remua doucement. Il ne pouvait parler, mais ses mains s'agitaient pour exprimer sa surprise et son plaisir.

– C'est bien de la pistache, finit-il par articuler.

– Ils appellent cela un rahat loukoum, précisa Siri. Ce qui veut dire dans leur langue "félicité de la gorge». Ce serait donc un rahat loukoum à la pistache.

Or le prince Taor ne mettait rien au-dessus de la confiserie, et de tous les ingrédients, c'était aux graines de pistache qu'allait sa préférence.

– J'aurais dû montrer ça à mon chef confiseur ! s'exclama-t-il en proie à une vive émotion. Peut-être aurait-il su...

– Je ne pense pas, dit Siri toujours souriant. Cette sorte de friandise ne ressemble à rien de ce qui se fait ici. Totalement nouvelle !

– Tu as raison, admit le prince accablé. Mais pourquoi n'en avoir expédié qu'un seul exemplaire ! Ils veulent m'exaspérer ? demanda-t-il avec une moue d'enfant prêt à fondre en larmes.

– Nous pourrions dépêcher un messager vers l'Occident avec mission de rapporter la recette du rahat loukoum à la pistache, suggéra Siri.

– Oui, très bien, faisons cela ! approuva Taor. Trouve donc un homme sûr. Non, deux hommes sûrs. Donne-leur de l'argent, de l'or, des lettres de recommandation, tout ce qu'il faut. Mais combien de temps cela va-t-il prendre ?

– Il faut attendre la mousson[1] d'hiver pour l'aller et profiter de la mousson d'été pour revenir. Si tout va bien, nous les reverrons dans quatorze mois.

– Quatorze mois ! s'exclama Taor avec horreur. Nous ferions mieux d'y aller nous-mêmes !

---

1. On appelle mousson des vents réguliers qui, dans la mer de l'Inde, soufflent six mois dans un sens et six mois en sens inverse.

Les mois passèrent. La mousson de nord-est qui avait emporté les voyageurs fit place à la mousson du sud-ouest qui les ramena. Ils se présentèrent aussitôt au palais. Hélas ! ils ne rapportaient ni rahat loukoum, ni recette. Ils avaient sillonné en vain la Chaldée, l'Assyrie et la Mésopotamie. Peut-être aurait-il fallu pousser à l'ouest jusqu'à la Phrygie, remonter au nord vers la Bithynie, ou au contraire s'orienter plein sud vers l'Égypte ? Mais alors, ils manquaient la mousson favorable au retour et prenaient une année de retard. Cependant, ils ne revenaient pas les mains vides. Ils avaient fait d'étranges rencontres dans les terres arides de Judée. Ces régions désolées étaient peuplées de prophètes solitaires, vêtus de poil de chameau. On les voyait parfois surgir de leur caverne, le regard flambant au milieu de leur crinière de cheveux et de barbe, et apostropher les voyageurs, annonçant la fin du monde et s'offrant au bord des fleuves à les baigner pour les laver de leurs péchés.

Taor commençait à s'impatienter. En quoi ces sauvages du désert intéressaient-ils le rahat loukoum et sa recette ?

– Justement, affirmèrent les messagers. Il y en avait qui annonçaient l'invention imminente d'un mets si nourrissant qu'il rassasierait pour toujours, si savoureux que celui qui en goûterait une seule fois ne voudrait plus rien manger d'autre jusqu'à la fin de ses jours. S'agissait-il du rahat loukoum à la pistache ? Non sans doute, puisque le Divin Confiseur qui devait inventer ce mets sublime était encore à naître. On l'attendait incessamment dans le peuple de Judée, et on pensait, en raison de certains textes sacrés, qu'il naîtrait à Bethléem, un village situé à un jour de marche de la capitale, où, il y avait mille ans, était né déjà le grand roi David.

Taor en avait assez entendu. C'était trop de discours. Il exigeait des faits concrets, des preuves tangibles, quelque chose qui se voit, se touche ou, de préférence encore, se mange. Alors, les deux hommes tirèrent de leur sac un pot de terre assez grossier, mais de belle dimension.

– Ces solitaires vêtus comme des ours, expliqua l'un d'eux, se nourrissent principalement d'un mélange curieux et fort savoureux qui annonce peut-être le mets sublime attendu.

Taor s'empara du pot, le soupesa et le porta a ses narines.

– C'est lourd, mais ça sent mauvais ! conclut-il.

Et il fit basculer le grossier couvercle de bois qui le fermait.

– Qu'on m'apporte une cuiller, commanda-t-il.

Il la retira du pot, enduite d'une masse dorée dans laquelle étaient prises des bestioles anguleuses.

– Du miel, constata-t-il.

– Oui, approuva l'un des voyageurs, du miel sauvage. On le trouve en plein désert dans certains creux de rochers ou dans des souches desséchées. Les abeilles butinent des forêts d'acacias qui ne sont au printemps qu'un immense bouquet de fleurs blanches très parfumées.

– Des crevettes, dit encore Taor.

– Des crevettes si tu veux, admit le voyageur, mais des crevettes de sable. Ce sont de gros insectes qui volent en nuages compacts et détruisent tout sur leur passage. Pour les cultivateurs, c'est un terrible fléau, mais les nomades s'en régalent. On les appelle des sauterelles.

– Donc des sauterelles confites dans du miel sauvage, conclut le prince avant d'enfoncer la cuiller dans sa bouche.

Il y eut un silence général, puis Taor rendit son verdict.

– C'est curieux, surprenant, pas vraiment savoureux, sauf peut-être pour ceux qui y sont habitués. Car les sauterelles mettent du croustillant et du salé dans la viscosité sucrée du miel.

Il goûta une seconde cuiller.

– Moi qui déteste le sel, je suis obligé de constater cette vérité stupéfiante : le sucré salé est plus sucré que le sucré sucré. Il faut que j'entende cela de la bouche d'autrui. Répétez la phrase, je vous prie.

Tout le monde répéta en chœur avec un ensemble parfait :

– Le sucré salé est plus sucré que le sucré sucré.

– Quelle vérité étonnante ! Voilà des merveilles qu'on ne trouve qu'en Occident ! Siri, que penserais-tu d'une expédition dans ces régions lointaines et barbares pour rapporter le secret du rahat loukoum, et quelques autres, par la même occasion ?

– Seigneur, je suis votre esclave obéissant ! répondit Siri avec une soumission où il y avait de l'ironie

Il eut pourtant la mauvaise surprise d'apprendre quelques jours plus tard que Taor avait parlé de ce projet à la reine. Celle-ci – trop heureuse de l'éloigner encore davantage du pouvoir – avait aussitôt approuvé l'idée d'une expédition, et avait mis à la disposition de son fils cinq navires avec leur équipage, cinq éléphants avec leur cornac, et un comptable – appelé Draoma – qui avait la responsabilité d'un coffre rempli de monnaies diverses. Pour Siri, c'était un rude coup, car il devait accompagner le prince dans cette absurde équipée, et il perdait ainsi des années d'intrigues patiemment menées à la cour de Mangalore pour s'y faire une place de choix.

Taor, au contraire, semblait vraiment devenu un autre homme. Brusquement tiré de sa paresse par les préparatifs du départ, il fixait la liste des hommes qui l'accompagneraient avec l'indication du matériel qu'il fallait prévoir et celle des éléphants qu'on emmènerait. Il demeurait pourtant fidèle à ses goûts en décidant que la cargaison des navires consisterait surtout en produits de pâtisserie : cannelle, clous de girofle, vanille, gingembre, raisins secs, anis, fleurs d'oranger et jujube. Tout un navire était réservé aux fruits – séchés ou confits – mangues, bananes, ananas, mandarines, noix de coco et de cajou, citrons verts, figues et grenades. Un personnel qualifié avait été recruté, et on voyait s'affairer dans d'enivrantes odeurs de caramel des confiseurs népalais, des nougatiers cinghalais, des confituriers bengalis, et même des crémiers descendus du Cachemire avec des outres de fromage blanc de buffle.

Contre tout bon sens, Taor insista pour que Yasmina comptât parmi les éléphants qui partaient. Contre tout bon sens, en effet, car Yasmina était une jeune éléphante blanche aux yeux bleus, douce, fragile et délicate, la dernière à pouvoir supporter les fatigues et les angoisses d'une traversée aussi longue et des marches dans le désert qui suivraient. Mais Taor aimait tendrement Yasmina, et elle le lui rendait bien, la petite pachyderme au regard languide qui avait une façon de passer sa trompe autour de son cou, quand il lui avait donné un chou à la crème de coco, à vous tirer des larmes d'attendrissement. Taor décida qu'elle voyagerait dans le même navire que lui, et qu'elle porterait tout le chargement de pétales de roses.

Les difficultés commencèrent la veille du départ, quand on voulut embarquer les éléphants. On parvint cependant à force de caresses et de violences à pousser les quatre premiers sur la passerelle. Mais la situation parut désespérée quand vint le tour de Yasmina. Prise de panique, elle poussait des barrissements affreux, et jetait par terre les hommes qui se cramponnaient à elle. On courut chercher Taor. Il lui parla longuement, doucement en grattant de ses ongles son front neigeux. Puis il noua un foulard de soie sur ses yeux bleus pour l'aveugler, et, sa trompe posée sur son épaule, il s'engagea avec elle sur la passerelle.

Comme il y avait un éléphant par navire, on avait donné à chaque navire le nom de l'éléphant qu'il transportait, et ces cinq noms étaient : *Bodi*, *Jina*, *Vahana*, *Asura* et bien entendu *Yasmina*.

Un bel après-midi d'automne, les cinq navires sortirent successivement de la rade toutes voiles dehors. Le prince Taor se lançait dans l'aventure avec une joie sans mélange. Il n'eut pas un regard pour la cité de Mangalore dont les maisons de briques roses, étagées sur la colline, s'éloignaient et paraissaient se détourner de la petite flottille qui obliquait vers l'ouest.

La navigation fut d'abord simple et facile sous le vent vif et régulier de la mousson d'hiver. Comme on s'éloignait sans cesse des côtes, le danger des récifs, des bancs de sable et même des pirates diminua rapidement. Tout se serait donc passé le mieux du monde s'il n'y avait pas eu une révolte des éléphants dès le premier soir. Ces bêtes, vivant en liberté dans une forêt royale, avaient l'habitude de somnoler toute la journée sous les arbres et de se rassembler après le coucher du soleil pour aller boire au bord du fleuve. Aussi commencèrent-elles à s'agiter dès que le crépuscule tomba, et comme les bateaux naviguaient presque bord à bord, le premier barrissement que lança le vieux Bodi déclencha un énorme charivari dans les autres navires. Le vacarme n'était certes pas dangereux en lui-même, mais les bêtes se balançaient de droite et de gauche en envoyant leur trompe frapper comme un battant de cloche les flancs du navire. On entendait ainsi un bruit de tam-tam, cependant que les navires marquaient un roulis qui s'accentuait jusqu'à devenir inquiétant.

Taor et Siri voyageaient sur le navire amiral *Yasmina*. Ils pouvaient se rendre sur les autres navires grâce à des canots à rames, ou, lorsque les navires étaient rapprochés, par des passerelles jetées d'un bord sur l'autre. Mais ils communiquaient également avec les commandants des autres navires par des signaux qu'ils transmettaient en brandissant des bouquets de plumes d'autruche. C'est par ce dernier moyen qu'ils donnèrent aux autres navires l'ordre de se disperser. Il fallait en effet que les éléphants ne s'entendent plus barrir les uns les autres. Le lendemain, l'excitation du soir se fit encore sentir, mais de façon très atténuée, grâce à la distance qui séparait les cinq voiliers.

Une nouvelle épreuve attendait les voyageurs au dixième jour. D'abord le vent augmenta régulièrement jusqu'à obliger les marins à réduire au minimum les voiles de leurs navires. Mais ce n'était encore qu'un début à en juger par la noirceur zébrée d'éclairs de l'horizon vers lequel ils se dirigeaient. Une heure plus tard, ils entraient en enfer. La nuit qui suivit fut affreuse. Les navires fuyaient sous les rafales, basculaient au sommet d'une vague, et filaient ensuite à une vitesse effrayante avant de glisser dans un gouffre noir. Taor s'était imprudemment exposé sur le gaillard d'avant. Il fut à moitié assommé et noyé par un paquet de mer. Pour la deuxième fois, ce jeune homme, habitué au sucre depuis son enfance, faisait ainsi connaissance avec le sel. Il devait connaître plus tard une troisième épreuve salée, combien plus longue et plus douloureuse encore !

Mais pour l'heure, il s'inquiétait surtout de Yasmina.

La petite éléphante albinos qui avait crié de peur au début de la tempête, jetée en avant, en arrière, à droite, à gauche, avait finalement renoncé à se tenir debout. Elle gisait sur le flanc dans une mare nauséabonde d'eau de mer salie par son vomi. Ses paupières étaient abaissées sur ses yeux bleus, et un faible gémissement s'échappait de ses lèvres. Taor était plusieurs fois descendu auprès d'elle, mais il avait dû cesser ses visites, après qu'un coup de roulis eut projeté sur lui toute la masse de l'éléphante évanouie.

La tempête cessa rapidement avec le lever du soleil, mais il fallut deux jours de recherches pour reprendre contact avec trois navires : le *Jina*, l'*Asura* et le *Bodi*. Quant au *Vahana*, il demeura introuvable, et il fallut se résoudre à reprendre la route de l'ouest en le considérant comme perdu.

On devait être à moins d'une semaine du golfe d'Aden quand les hommes du *Bodi* firent en plumes les signaux convenus de détresse. Le vieil éléphant paraissait pris de rage furieuse. Avait-il été piqué par des insectes, empoisonné par une mauvaise nourriture, ou simplement ne pouvait-il plus supporter le roulis et le tangage du bateau ? Il se démenait comme un forcené, chargeait furieusement quiconque se risquait dans la cale, et se ruait sur les parois de la coque qu'il éraflait avec ses défenses. On ne pouvait ni le ligoter ni l'abattre. Le seul espoir, c'était qu'il s'épuise faute de nourriture avant d'avoir pu défoncer le navire.

Le lendemain, l'éléphant s'était blessé sur une ferrure de la cale, et il perdait son sang en abondance. Le surlendemain, il était mort.

– Il faut au plus vite découper cette carcasse et jeter les morceaux par-dessus bord, dit Siri, car nous approchons de la terre et nous risquons d'avoir des visiteurs indésirables.

– Des visiteurs ? s'étonna Taor.

Siri scrutait le ciel bleu. Il leva la main vers une minuscule croix noire suspendue à une hauteur infinie.

– Les voilà ! dit-il. J'ai bien peur que nos efforts soient inutiles.

En effet, deux heures plus tard, un gypaète se posait sur le mât de hune du navire, et tournait de tous côtés sa tête blanche à barbiche noire et ses yeux cerclés de rouge. Il était bientôt rejoint par une dizaine de ses semblables. Puis ils se laissèrent lourdement tomber sur le cadavre sanglant de l'éléphant. Les matelots qui redoutaient ces oiseaux de mauvais augure voulurent se réfugier sur le *Yasmina*. Le *Bodi* fut donc abandonné. Lorsque le *Yasmina* le perdit de vue, des centaines de gypaètes se bousculaient sur ses mâts et ses ponts, et un tourbillon de vols et d'envols remplissait la cale.

Le *Yasmina*, le *Jina* et l'*Asura* abordèrent l'île Dioscoride[1], qui veille en sentinelle à l'entrée de la mer Rouge, quarante-cinq jours après avoir quitté Mangalore. L'allure avait été plus qu'honorable, mais deux navires sur cinq étaient perdus.

_____
1. Aujourd'hui : île de Socotora.

Tout dans cette île paraissait nouveau à Taor, à ses compagnons et aux trois éléphants qui gambadaient gaiement pour se dégourdir les jambes. Ils étaient surpris par la végétation épineuse et odorante, par les troupeaux de chèvres à poil long qui fuyaient en désordre à la vue des éléphants, mais surtout par la chaleur sèche et légère, alors qu'elle est lourde d'humidité en Inde. Quant aux bédouins qui habitaient l'île, effarés par ce débarquement de seigneurs accompagnés de monstres inconnus, ils se cachaient dans les maisons et sous les tentes, mais observaient dans l'ombre les nouveaux venus. La petite troupe approchait du sommet montagneux, quand ils furent arrêtés par un bel enfant vêtu de noir qui semblait les attendre.

– Mon père, le Rabbi Rizza vous attend. dit-il simplement.

Et faisant demi-tour, il prit d'autorité la tête de la colonne. Dans un cirque rocheux, les tentes basses des nomades formaient une seule carapace violette et bosselée que le vent soulevait par moments comme une poitrine vivante.

Le Rabbi Rizza, vêtu de voiles bleus et chaussé de sandales, accueillit les voyageurs près d'un feu d'eucalyptus. On s'accroupit en rond après des salutations. Taor savait qu'il avait affaire à un seigneur, à un prince comme lui, mais il était stupéfait de tant de pauvreté. C'est que pour lui la richesse et le pouvoir, le luxe et l'autorité étaient inséparables. Il n'arrivait pas à comprendre qu'un chef puissant vive sous la tente et s'habille d'un voile et d'une paire de sandales, comme un simple chamelier. Il fut encore plus surpris quand il vit un serviteur apporter à Rizza un peu d'eau, du sel et de la farine de blé grossière. Le chef pétrit de ses mains une pâte, et, sur une pierre plate, donna à la miche la forme d'une galette ronde et assez épaisse. Il creusa un faible trou dans le sable devant lui et, à l'aide d'une pelle, y jeta un lit de cendres et de braises provenant du foyer. Il y posa la galette et la recouvrit d'un amas de brindilles, auquel il mit le feu. Quand cette pre mière flambée fut éteinte, il retourna la galette et la couvrit à nouveau de brindilles. Enfin, il la retira du trou et la balaya avec un rameau de genêt pour la débarrasser de la cendre qui la poudrait. Ensuite, il la rompit en trois, et en offrit une part à Taor, une autre à Siri. Habitué à une cuisine savante, préparée par une foule de chefs et de marmitons, le prince de Mangalore, assis par terre, se régala alors d'un pain sec, brûlant et gris qui lui faisait craquer des grains de sable sous les dents.

Ensuite, on leur offrit un thé vert à la menthe, saturé de sucre, versé de très haut dans des verres minuscules. Puis, après un silence prolongé, Rizza commença à parler. Il aborda des sujets familiers à Taor : le voyage, la nourriture, la boisson. Mais si le prince comprenait sans difficulté les mots et les phrases de Rizza, il cher-chait en même temps le sens caché de son discours. Ce sens, il le percevait vaguement comme à travers une eau profonde, mais sans pouvoir le saisir tout à fait.

– Nos ancêtres, les premiers bédouins, disait Rizza,

ne couraient pas comme nous les steppes derrière leurs troupeaux de chèvres et de moutons. Dieu les avait placés dans un somptueux et succulent verger. Ils n'avaient qu'à tendre la main pour cueillir les fruits les plus savoureux. Comment auraient-ils songé à partir ?

Il faut préciser que, dans ce verger sans fin, il n'y avait pas deux arbres identiques qui eussent donné des fruits semblables. Tu me diras peut-être : il existe aujourd'hui dans certaines oasis des jardins de délices, comme celui dont je parle. Je te répondrai que les fruits de ces jardins ne ressemblent guère à ceux que Dieu avait offerts à nos ancêtres. Les fruits d'aujourd'hui sont obscurs et pesants. Ceux de Dieu étaient lumineux et sans poids. Voilà, me diras-tu, des paroles simples, mais cependant bien difficiles à comprendre ! Je veux dire qu'aujourd'hui la nourriture est de deux sortes. Ou elle est matérielle et nourrit le corps. Ou elle est intellectuelle et enrichit l'esprit. Mais la viande ne t'apprend rien et les livres ne se mangent pas. Eh bien ! les fruits du premier jardin satisfaisaient ensemble ces deux sortes de faim. Car ils n'étaient pas seulement divers par la forme, la couleur et le goût. Ils se distinguaient aussi par la science qu'ils donnaient. Certains apportaient la connaissance des plantes et des animaux, d'autres celle des mathématiques. Il y avait le fruit de la géographie, celui de l'astronomie, de l'architecture, de la danse, et bien d'autres encore. Oui, en ce temps-là, l'homme était simple comme Dieu. Le corps et l'âme ne formaient qu'un seul bloc.

La mauvaiseté de l'homme – sa bêtise, sa méchanceté, sa haine, sa lâcheté, son avarice a cassé la vérité en deux morceaux : une parole vide, creuse, mensongère, qui ne nourrit pas. Et une nourriture pesante et grasse qui obscurcit les idées et tourne en bajoues et en bedaine.

Peut-on espérer retrouver la bonne nourriture lumineuse du paradis ? Il faudrait pour cela une révolution si importante qu'elle dépasse les forces humaines. Seul le retour de Dieu sur la terre pourrait la réaliser. Dieu peut-il revenir sur la terre ? Bien sûr puisqu'il peut tout. Le fera-t-il ? Mon peuple l'espère. Il le croit. Sans doute croit-il parce qu'il l'espère. Ce sera demain peut-être. Ou dans mille ans. Qui sait ?

Taor ne comprit pas grand-chose à cette histoire. Il voyait comme un amoncellement de nuages noirs menaçants, mais labourés de lueurs orageuses qui révélaient, un bref instant, des fragments de paysages nouveaux. C'était, en effet, la seconde fois qu'il entendait parler d'une nourriture divine que les hommes attendaient comme un prodigieux miracle. Toute la vie serait changée s'il se produisait. En tout cas, la recette du rahat loukoum à la pistache, pour laquelle il avait quitté son palais de Mangalore, prenait maintenant des airs bien inattendus, majestueux et sublimes.

Telles étaient les pensées qu'il remuait dans sa tête, cependant que les trois navires remontaient toute la mer Rouge vers le nord. Il regardait défiler des côtes ocres, brûlées par le soleil – à droite l'Arabie, à gauche l'Afrique avec des hauteurs volcaniques et des embouchures de cours d'eau desséchés.

Au bout de vingt-neuf jours, ils approchèrent enfin d'Elath, le port se trouvant au fond du golfe d'Akaba. Là, les attendait une surprise vraiment sensationnelle. Ce fut le mousse de la *Jina*, perché sur la hune du grand mât, qui crut le premier reconnaître une silhouette familière parmi les navires ancrés dans le port. Mais oui, c'était bien le *Vahana*, perdu de vue depuis la grande tempête, qui attendait sagement l'arrivée des autres navires.

Les retrouvailles furent joyeuses. On s'expliqua. Les hommes du *Vahana*, persuadés que le reste de la flotte les précédait, avaient forcé l'allure pour essayer de la rattraper. En réalité, c'étaient eux qui étaient en avance. Ils attendaient depuis trois jours à Elath, et ils commençaient à se demander si, par malheur, les quatre autres navires n'avaient pas succombé à la tempête.

Il fallut arrêter les embrassades et les récits pour débarquer les éléphants et les marchandises. On établit un camp à la porte de la ville afin d'y séjourner le temps nécessaire à un indispensable repos. Puis le voyage reprit en direction du nord. On traversa d'abord des plateaux désertiques dont les éléphants écrasaient l'argile rougeâtre. Ensuite, le terrain devint de plus en plus accidenté. La colonne serpenta dans des défilés, s'engagea dans des gorges, suivit le lit asséché d'un oued[1]. Le jour suivant, ils débouchèrent sur une plaine immense à l'horizon de laquelle se dessinait la silhouette d'un arbre. Taor et ses compagnons n'en avaient jamais vu de semblable. Le tronc était énorme, boursouflé, couvert d'une écorce un peu molle et plissée comme une peau d'éléphant. Les branches paraissaient courtes et grêles, un peu comme des trompes d'éléphant aussi, dressées vers le ciel. Ils apprirent qu'il s'agissait d'un baobab, mot qui signifie mille ans, parce que ces arbres ont une longévité fabuleuse.

Bientôt, il y en eut d'autres, toute une forêt, dans laquelle Taor et ses compagnons se trouvaient bien à cause de cette ressemblance des arbres et de leurs éléphants. Ce qu'il y avait d'étrange, c'était que certains baobabs portaient des décorations peintes, sculptées, faites de petites pierres incrustées, qui s'élevaient en spirales de la base du tronc au sommet des branches.

– Je crois comprendre, murmura Siri.

– Qu'est-ce que tu as compris ? lui demanda le prince.

Pour toute réponse, Siri fit venir un jeune cornac mince et agile comme un singe, et lui parla à voix basse en désignant le sommet de l'arbre. Le jeune homme s'élança aussitôt vers le tronc et entreprit de se hisser jusqu'aux grosses branches, comme il savait se hisser sur le dos de son éléphant. Parvenu au sommet du tronc, il disparut un instant dans une excavation. Il en

---

1. Rivière du désert qui ne coule qu'après un orage, et dont le lit est le reste du temps asséché.

ressortit bien vite, et commença à descendre, visiblement pressé de fuir ce qu'il avait pu y découvrir. Il sauta à terre, courut vers Siri, et lui parla à l'oreille. Siri approuvait de la tête.

– C'est comme je le supposais, dit-il à Taor. Le tronc est creux comme une cheminée, et il sert de tombeau aux hommes de ce pays. Si cet arbre est ainsi décoré, c'est qu'un cadavre y a été récemment glissé, comme une lame dans son fourreau. Du haut du tronc, on voit son visage tourné vers le ciel. Il s'agit d'une tribu dont on m'a parlé à Elath, les Baobalis, ce qui veut dire : les enfants des baobabs. Ils rendent un culte à ces arbres qu'ils considèrent comme leurs ancêtres, et dans lesquels ils veulent retourner après leur mort.

Ce jour-là, on n'alla pas plus loin. Taor et ses compagnons dormirent à l'ombre lourde de ces arbres qui étaient des tombeaux vivants et debout. Dès l'aube du lendemain, ils furent réveillés par une terrible nouvelle : Yasmina, la petite éléphante blanche, avait disparu !

On crut d'abord qu'elle s'était enfuie, car on ne l'attachait jamais, et on imaginait mal qu'elle ait pu être entraînée de force et sans bruit par des étrangers. Pourtant, les deux grandes corbeilles de pétales de rose, qu'elle transportait le jour et dont on la débarrassait la nuit, avaient disparu avec elle. Une conclusion s'imposait : Yasmina avait été emmenée complice et consentante.

Des recherches furent entreprises, mais le sol dur et pierreux ne portait aucune trace. Ce fut le prince Taor qui découvrit pourtant le premier indice. On l'entendit s'exclamer, puis il se baissa pour ramasser quelque chose de fragile et de léger comme un papillon. Il l'éleva au-dessus de sa tête pour que tout le monde vît que c'était un pétale de rose.

– Yasmina la douce, dit-il, nous a laissé pour la retrouver, la piste la plus fine et la plus parfumée qui soit. Cherchez, cherchez, mes amis, des pétales de rose ! J'offre une récompense pour chaque pétale ramassé.

Dés lors, la petite troupe s'égailla, le nez au sol, et on entendait de loin en loin le cri de triomphe de l'un ou l'autre qui accourait aussitôt vers le prince afin de lui remettre sa trouvaille en échange d'une piécette. Néanmoins, ils progressaient avec une extrême lenteur et, à la fin du jour, ils n'étaient guère éloignés du camp où stationnait le gros de la troupe avec les éléphants et les bagages.

Comme il se baissait pour ramasser son second pétale, Taor entendit siffler au-dessus de sa tête une flèche qui alla se ficher en vibrant dans le tronc d'un figuier. Il donna l'ordre de s'arrêter et de se rassembler. Peu après, les herbes et les arbres s'animèrent autour des voyageurs, et ils se virent cernés par une multitude d'hommes au corps peint en vert, vêtus de feuilles, chapeautés de fleurs et de fruits. "Les Baobalis ! » murmura Siri. Ils devaient être prés de cinq cents, et tous ils dirigeaient leur arc et leurs flèches sur les voyageurs. Toute résistance était vaine.

Taor leva la main droite, geste qui signifie partout

paix et dialogue. Puis Siri, accompagné d'un des guides recrutés à Elath, s'avança vers les archers dont les rangs s'ouvrirent. Ils disparurent pour ne revenir que deux longues heures plus tard.

– C'est extraordinaire, raconta Siri. J'ai vu l'un de leurs chefs qui doit être aussi grand prêtre. Ils sont en train de fêter le retour de leur déesse Baobama, mère des baobabs et donc grand-mère des Baobalis. J'ai demandé que nous soyons admis à rendre hommage à cette fameuse déesse Baobama. Son temple se trouve à deux heures de marche.

– Mais Yasmina ? s'inquiéta le prince.

– Justement, répondit mystérieusement Siri, je ne serais pas surpris de la retrouver avant peu.

Dès le lendemain matin, ils se mettaient en marche vers le temple de la déesse Baobama. C'était une vaste case décorée de motifs semblables à ceux que Taor et ses compagnons avaient vus sur les arbres-cercueils. L'épaisse toiture de chaume, les cloisons de lattes légères et le fouillis de plantes grimpantes qui les recouvraient devaient créer et entretenir à l'intérieur une ombre délicieusement fraîche. Taor et son escorte s'avancèrent dans une sorte de vestibule qui servait de trésor et de garde-robe sacrée. On y voyait, accrochés aux murs ou posés sur des chevalets, d'immenses colliers, des tapis de selle brodés, des têtières d'argent, tout un harnachement somptueux et gigantesque destiné à la déesse. Mais pour l'heure, elle était toute nue, Baobama, et les visiteurs furent suffoqués de découvrir Yasmina en personne, vautrée sur une litière de roses. Il y eut un long silence, puis elle déroula sa trompe et, de son extrémité fine et précise comme une petite main, elle alla cueillir dans une corbeille une datte fourrée au miel qu'elle déposa ensuite sur sa langue frétillante. Alors, le prince s'approcha, ouvrit un sac de soie et déversa sur la litière une poignée de pétales de rose, ceux que ses compagnons et lui-même avaient ramassés. Yasmina répondit en tendant sa trompe vers lui et en effleurant sa joue dans un geste d'adieu tendre et désinvolte. Taor comprit alors que son éléphante favorite, devenue déesse des Baobalis, en raison de la ressemblance des baobabs et des éléphants, était définitivement perdue pour lui et les siens. La laissant à l'adoration de son peuple, il reprit la route de Bethléem avec les trois éléphants restants.

Ils s'installèrent pour la nuit à Etam, un pays étrange, murmurant de sources et crevé de grottes, situé à une journée de marche de Bethléem, quand ils virent venir en sens opposé un brillant cortège où se mêlaient hommes blancs et hommes noirs, chevaux et dromadaires. Il s'agissait de deux rois, Gaspard et Balthazar, accompagnés d'un jeune prince déshérité par son oncle, Melchior. Ils cheminaient ensemble venant de Bethléem, après avoir séjourné à Jérusalem où les avait reçus le terrible roi Hérode le Grand. Au début, une comète seule les avait guidés. Puis les astrologues d'Hérode leur avaient précisé qu'il fallait aller à Bethléem où venait de naître le nouveau roi des Juifs. C'était là qu'ils étaient encore l'avant-veille.

Taor frémit de joie. Ainsi, il n'était pas le seul à chercher de par le monde le lieu de naissance du Divin Confiseur ! Quelque chose d'important se préparait, avait eu lieu déjà, puisqu'une étoile au ciel l'annonçait, puisque le grand roi Hérode interrogeait ses astrologues.

Le soir, ils s'assirent autour d'un feu et, après un long silence, Taor leur posa enfin la question qui lui brûlait la bouche depuis leur rencontre.

– Vous l'avez vu ?

– Nous l'avons vu, prononcèrent ensemble Gaspard, Melchior et Balthazar.

– C'est un prince, un roi, un empereur entouré d'une suite magnifique ?

– C'est un petit enfant, né dans la paille d'une étable entre un bœuf et un âne, répondirent les trois d'une seule voix.

Le prince Taor se tut, pétrifié d'étonnement. Celui qu'il venait chercher, lui, c'était le Divin Confiseur, dispensateur de friandises si exquises qu'elles vous ôtaient le goût de toute autre nourriture.

– Cessez de parler tous à la fois, reprit-il, sinon je ne m'y retrouverai jamais.

Alors, chacun prit la parole à son tour. Balthazar était un amoureux d'art, Gaspard avait au cœur une blessure faite par une femme, Melchior s'interrogeait sur le pouvoir politique. C'était lui au demeurant qui paraissait le plus tourmenté.

– Quand nous avons quitté le roi Hérode, expliqua-t-il, il a exprimé son regret de ne pouvoir nous accompagner. Mais la maladie et la vieillesse lui interdisaient les fatigues d'un voyage même bref. Il nous a donc chargés de suivre la comète jusqu'à Bethléem, de reconnaître et d'honorer en son nom l'Enfant-Roi, puis de revenir à Jérusalem afin de lui rendre compte. Notre intention était bien de lui obéir en toute loyauté, afin qu'on ne puisse pas dire que ce tyran avait été trahi sur son lit de mort par des étrangers qu'il avait magnifiquement traités. Or voici que l'archange Gabriel nous est apparu, et il nous a recommandé de repartir sans repasser par Jérusalem, car, nous a-t-il dit, Hérode nourrissait des projets criminels à l'égard de l'Enfant. Nous avons longtemps discuté sur la conduite à tenir. J'étais partisan de rester fidèle à notre promesse. L'honneur l'exigeait. Et nous savons de quelles vengeances le roi Hérode est capable quand on le trompe ! En repassant par Jérusalem, nous pouvions calmer sa méfiance et prévenir de grands malheurs. Mais Gaspard et Balthazar insistaient pour que nous nous conformions aux ordres de Gabriel. « Pour une fois qu'un archange éclaire notre route ! » s'exclamaient-ils. J'étais seul contre deux, le plus jeune, le plus pauvre. J'ai cédé. Mais je le regrette. La colère d'Hérode et notre responsabilité m'épouvantent.

Taor était trop désemparé pour chercher une réponse satisfaisante à toutes les questions qui surgissaient en même temps. Toutes ces révélations surprenantes lui faisaient tourner la tête. Mais surtout, il ne voyait aucun rapport entre ce que les rois lui racontaient et la raison d'être de son propre voyage, cette nourriture divine qu'on lui avait promise.

– Tout cela m'intéresse, mais ne me concerne pas trop, balbutiait-il. En vérité, nous avons chacun nos préoccupations, et je crois que l'Enfant sait y répondre avec une très exacte divination de nos secrets les plus cachés. Je crois fermement qu'il m'attend avec les paroles prêtes, destinées au prince des choses sucrées, accouru vers lui de la côte de Malabar.

– Prince Taor, dit Balthazar, ta confiance et ta naïveté me touchent. Mais prends garde que l'Enfant ne t'attende plus très longtemps. Bethléem n'est qu'un lieu de rassemblement provisoire. L'obligation promulguée par l'empereur de se faire recenser dans sa ville d'origine a mis tout le royaume en grande agitation. Chaque commune n'est qu'un lieu d'arrivée et de départ. Tu es le dernier, parce que tu viens de plus loin que les autres. Je tremble que tu n'arrives trop tard.

Ces paroles eurent un effet salutaire sur Taor. Dés le lendemain, aux premières lueurs de l'aube, sa caravane se remit en route pour Bethléem, et elle aurait dû y parvenir dans la journée si un incident grave ne l'avait pas retardée.

Il y eut d'abord un orage qui transforma les oueds desséchés en torrents furieux. Les hommes et les éléphants auraient bien profité de cette douche rafraîchissante si le sol transformé parfois en fondrière n'avait rendu la marche difficile. Ensuite, le soleil était revenu, et une épaisse vapeur s'était élevée de la terre mouillée. Chacun s'ébrouait sous les rayons du midi, quand un barrissement désespéré glaça les os des voyageurs. C'est qu'ils connaissaient le sens de tous les cris des éléphants, et ils savaient que celui qui venait de retentir était un cri de mort. Un instant après, l'éléphant Jina se ruait en avant au grand galop, la trompe dressée, les oreilles en éventail, bousculant et écrasant tout sur son passage. Il y eut des morts, des blessés. L'éléphant Asura fut jeté par terre avec tout son chargement. Il fallut de longs efforts pour maîtriser le désordre qui suivit.

Plus tard, une colonne partit sur les traces du pauvre Jina qu'il était facile de repérer dans ce pays sablonneux. Il avait beaucoup galopé, l'éléphant pris de folie, et la nuit tombait quand les hommes parvinrent au terme de sa course. Ils entendirent d'abord un bourdonnement intense provenant d'un ravin, comme si une douzaine de ruches s'y trouvaient cachées. Il ne s'agissait pas d'abeilles, mais de guêpes, et ils découvrirent le corps du malheureux Jina couvert d'une épaisse couche de ces insectes qui frémissaient sur sa peau comme de l'huile bouillante.

Il était facile d'imaginer ce qui s'était passé. Jina portait un chargement de sucre, lequel avait fondu sous l'averse et avait recouvert sa peau d'un épais sirop. La proximité d'une colonie de guêpes avait fait le reste. Sans doute, les piqûres ne pouvaient pas percer le cuir d'un éléphant. Mais il y avait les yeux, la bouche, les oreilles, sans parler des organes tendres et sensibles situés sous la queue et ses alentours. Les hommes n'osèrent pas approcher le corps de la malheureuse bête. Il leur suffisait de s'assurer de sa mort et de la perte de sa charge de sucre.

Le lendemain, Taor, sa suite et les deux éléphants restants firent leur entrée à Bethléem.

Le grand remue-ménage provoqué dans tout le pays par le recensement officiel, qui avait obligé les familles à aller s'inscrire parfois fort loin de leur lieu de résidence, n'avait duré que quelques jours. La population de Bethléem avait retrouvé ses habitudes, mais les rues et les places restaient souillées de tous les vestiges des lendemains de fêtes ou de foires – paille hachée, crottin, couffins crevés, fruits pourris, et jusqu'à des voitures brisées et des animaux malades. Les éléphants attirèrent comme partout une nuée d'enfants loqueteux qui accoururent pour les admirer et mendier auprès des voyageurs.

L'aubergiste, que leur avaient indiqué les rois, leur apprit que l'homme et la femme étaient repartis avec l'enfant après avoir rempli leurs obligations légales. Dans quelle direction ? Vers le nord sans doute pour regagner Nazareth d'où ils étaient venus. Taor s'apprêtait donc à ordonner qu'on se dirigeât vers le nord, quand les dires de la fille de l'auberge vinrent les détromper. Elle affirmait avoir surpris des propos de l'homme et de la femme, selon lesquels ils se préparaient à descendre au contraire vers le sud, en direction de l'Égypte, pour échapper à un grand danger dont ils auraient été avertis. Quel danger pouvait bien menacer un pauvre charpentier cheminant avec sa femme et son bébé ? Taor se souvint d'Hérode, de ses menaces au cas où les rois désobéiraient à ses ordres, et des craintes exprimées par Melchior. Au demeurant, le sud, c'était aussi la direction d'Elath où attendait la flotte du retour. On partirait donc vers le sud, mais le surlendemain seulement, car, pour l'heure, Taor avait formé un beau et gai projet qui se situait à Bethléem.

– Siri, dit-il, parmi toutes les choses que j'ai apprises depuis que j'ai quitté mon palais, il en est une dont j'étais loin de me douter et qui m'afflige particulièrement : les enfants ont faim. Partout où nous passons, nos éléphants attirent des foules d'enfants. Je les observe et je les trouve tous plus maigres et chétifs les uns que les autres. Certains portent sur leurs jambes squelettiques un ventre gonflé comme un ballon, et je sais bien que ce n'est qu'un signe supplémentaire de famine.

Alors, voici ce que j'ai décidé. Nous avions apporté sur nos éléphants des friandises en abondance pour les donner en offrandes au Divin Confiseur que nous imaginions. Je comprends bien maintenant que nous nous trompions. Le Sauveur n'est pas tel que nous l'attendions. De surcroît, je vois de jour en jour fondre nos bagages et avec eux la troupe des pâtissiers qui les escortaient. Nous allons donc organiser dans le bois de cèdres qui domine la ville un grand goûter nocturne, auquel seront invités les enfants de Bethléem.

Et il distribua les tâches avec un entrain joyeux qui acheva de consterner Siri, de plus en plus convaincu que son maître perdait la tête. Les pâtissiers allumèrent des feux et se mirent au travail. Des odeurs de brioches et de caramel se répandirent bientôt dans les ruelles du village. Il ne pouvait être question à dire vrai d'inviter tous les enfants. On ne voulait pas des parents, et donc, il fallait exclure les tout-petits qui ne pouvaient se déplacer et manger seuls. On décida après discussion de descendre jusqu'à l'âge de deux ans. Les plus jeunes seraient aidés par les aînés.

Les premiers enfants se présentèrent dès que le soleil eut disparu derrière l'horizon. Taor vit avec émotion que ces gens modestes avaient fait de leur mieux pour honorer leur bienfaiteur. Les enfants étaient tous lavés, peignés, vêtus de tuniques blanches, et il n'était pas rare qu'ils fussent coiffés d'une couronne de roses ou de laurier. Taor cherchait vainement à reconnaître les petits chenapans de la veille qui se poursuivaient en hurlant dans les escaliers du village. Très impressionnés par ce bois de cèdres, ces flambeaux, cette vaste table blanche à la vaisselle d'argent et de cristal, ils marchaient la main dans la main jusqu'aux places qu'on leur indiquait. Ils s'asseyaient bien droits sur les bancs, et ils posaient leurs petits poings fermés au bord de la nappe, en prenant garde de ne pas mettre leurs coudes sur la table, comme on le leur avait recommandé.

Sans plus attendre, on leur apporta du lait frais parfumé au miel, car, c'est bien connu, les enfants ont toujours soif. Mais boire ouvre l'appétit, et on disposa sous leurs yeux écarquillés de la gelée au jujube, du ramequin de fromage blanc, des beignets d'ananas, des dattes fourrées de noix, des soufflés de litchis, des galettes de frangipane, et cent autres merveilles.

Taor observait à distance, rempli d'étonnement et d'admiration. La nuit était tombée. Des torches résineuses répandaient une lumière tremblante et dorée. Dans la noirceur des cèdres, la grande nappe blanche et les enfants vêtus de lin formaient une île de clarté. On aurait dit une apparition, un festin d'anges en plein ciel. Un instant, tout le monde se tut. Alors, on entendit dans le silence nocturne d'abord la plainte d'une dame blanche[1], puis un grand cri de douleur qui montait du village invisible.

Les friandises qu'on avait déversées sur la table furent bien vite oubliées quand on vit arriver, sur un brancard porté par quatre hommes, la pièce montée géante, chef-d'œuvre d'architecture pâtissière. C'était, reconstituée en nougatine, massepain, caramel et fruits confits, une miniature du palais de Mangalore avec des bassins de sirop, des statues de pâte de coing et des arbres d'angélique. On n'avait même pas oublié les cinq éléphants du voyage, modelés dans de la pâte d'amande avec des défenses en sucre candi.

Cette apparition fut saluée par un murmure d'extase, auquel semblèrent répondre, montant des maisons, mille et mille petits cris aigus, comme une sorte de pépiement de poussins qu'on égorge.

Taor tendit une pelle d'or à l'enfant le plus proche,

---

1. Oiseau de nuit.

un petit berger aux boucles noires serrées comme un casque. Et sur un geste d'encouragement du prince, il l'abattit sur la coupole de nougatine du palais qui s'effondra dans l'un des bassins.

C'est alors que survint Siri, méconnaissable, maculé de cendre et de sang, les vêtements déchirés. Il se jeta vers le prince, et l'attira par le bras à quelque distance de la table.

– Prince Taor, haleta-t-il, ce pays est maudit, je l'ai toujours dit ! Voici que depuis une heure, les soldats d'Hérode ont envahi le village, et ils tuent, ils tuent, ils tuent sans pitié !

– Ils tuent ? Qui ? Tout le monde ?

– Non, mais cela vaudrait peut-être mieux. Ils paraissent avoir pour instruction de ne s'en prendre qu'aux garçons de moins de deux ans.

– Moins de deux ans ? Les plus petits, ceux que nous n'avons pas invités ?

– Précisément. Ils les égorgent jusque dans les bras de leur mère.

Taor baissa la tête avec accablement. C'était le coup le plus dur qu'il ait subi depuis son départ. Mais pourquoi, pourquoi ! Ordre du roi Hérode, disait-on. Alors, il se souvint du prince Melchior qui avait plaidé pour que les rois mages tinssent leur engagement de retourner à Jérusalem rendre compte de leur mission à Hérode. Promesse non tenue. Confiance d'Hérode trahie. Le vieux despote s'était donc vengé. Tous les garçons de moins de deux ans ? Combien cela en ferait-il dans cette population d'autant plus riche en

95

enfants qu'elle était d'ailleurs plus pauvre ? Du moins l'Enfant Jésus, qui se trouvait pour l'heure sur les pistes d'Égypte, échappait au massacre. La rage aveugle du tyran frappait à côté.

Les enfants n'avaient pas remarqué la survenue de Siri. Ils s'étaient enfin animés et, la bouche pleine, parlaient, riaient, se disputaient les meilleurs morceaux. Taor et Siri les observaient en reculant dans l'ombre.

– Qu'ils se régalent tandis que meurent leurs petits frères, dit Taor. Ils découvriront bien assez tôt l'horrible vérité.

À l'aube, les voyageurs traversèrent le village enveloppé d'un silence brisé par des sanglots. Le massacre avait été exécuté par la Légion Cimmérienne d'Hérode, formation de mercenaires au mufle roux, venus d'un pays de brumes et de neiges auxquels le despote confiait ses missions les plus effrayantes. Ils avaient disparu aussi vite qu'ils s'étaient abattus sur le village. Taor détourna les yeux pour ne pas voir des chiens laper une flaque de sang sur le seuil d'une masure.

On ne cessait de descendre, et le terrain était parfois si pentu que les éléphants faisaient crouler des masses de terre grise sous leurs larges pieds. Dès la fin du jour, des roches blanches et granuleuses commencèrent à apparaître. Les voyageurs les examinèrent : c'était du sel. Ils entrèrent dans une maigre forêt d'arbustes blancs, sans feuilles, qui paraissaient couverts de givre. Les branches se cassaient comme de la porcelaine : c'était encore du sel. Enfin, le soleil disparaissait derrière eux, quand ils aperçurent un fond lointain d'un bleu métallique : la mer Morte. Ils préparèrent le camp de la nuit. Un brusque coup de vent rabattit sur eux une puissante odeur de soufre.

– À Bethléem, dit sombrement Siri, nous avons franchi les portes de l'Enfer. Depuis, nous ne cessons de nous enfoncer dans l'empire de Satan[1].

La descente reprit le lendemain au milieu des éboulis et dans une atmosphère de plus en plus épaissie d'odeurs chimiques. Quand ils découvrirent la plage, les hommes se mirent à courir vers l'eau qui paraissait fraîche et pure. Les plus rapides plongèrent en même temps que éléphants. Ce fut pour en ressortir aussitôt en se frottant les yeux et en crachant avec dégoût. C'est que l'eau de la mer Morte est saturée non seulement de sel, mais de brome, de magnésie et de naphte, une vraie soupe de sorcière qui empoisse la bouche, brûle les yeux, rouvre les plaies fraîchement cicatrisées, et couvre le corps d'un enduit visqueux qui se transforme en séchant au soleil en une armure de cristaux.

Taor, arrivé l'un des derniers, voulut en faire l'expérience. Prudemment, il s'assit dans le liquide chaud et il se mit à flotter, comme posé sur un invisible fauteuil, plus bateau que nageur, se propulsant avec ses mains

---

1. La surface de la mer Morte, qui a environ mille kilomètres carrés (soit deux fois le lac Léman), se trouve à quatre cents mètres au-dessous de celle de la Méditerranée et à huit cents au-dessous de Jérusalem.

comme avec des rames. En avançant ainsi, il approcha d'énormes champignons blancs qu'il avait pris pour des rochers et qui étaient en réalité des blocs de sel enracinés sur le fond.

On établit le camp sur un rivage jonché de troncs d'arbres usés et blanchis comme des squelettes. Seuls les éléphants paraissaient avoir pris leur parti des bizarreries de cette mer. Enfoncés dans l'eau corrosive jusqu'aux oreilles, ils se douchaient mutuellement avec leur trompe.

La nuit tombait, quand les voyageurs furent témoins d'un petit drame qui les impressionna plus que tout le reste. Venant de l'autre rive, un oiseau noir volait vers eux au-dessus de la mer couleur de plomb. C'était une sorte de râle, un oiseau migrateur qui se plaît dans les marécages. Or sa silhouette qui se détachait sur le ciel phosphorescent semblait voler de plus en plus difficilement et perdre de la hauteur. La distance à franchir était médiocre, mais les gaz empoisonnés qui montaient des eaux tuaient toute vie. Soudain, les battements des ailes s'affolèrent. Les ailes battaient plus vite, mais l'oiseau noir demeurait suspendu sur place. Et tout à coup, il tomba comme une pierre, et les eaux se refermèrent sur lui sans un bruit, sans une éclaboussure.

– Maudit pays ! gronda Siri en s'enfermant dans sa tente. Nous sommes vraiment descendus au royaume des démons. Je me demande si nous en sortirons jamais !

Le malheur qui les frappa le lendemain matin parut

lui donner raison. On commença par constater la disparition des deux éléphants. Mais on ne les chercha pas longtemps, car ils étaient là, à portée de voix, sous les yeux de chacun : deux énormes champignons en forme d'éléphant s'étaient simplement ajoutés aux autres champignons de sel. À force de s'arroser mutuellement à l'aide de leur trompe, ils s'étaient enveloppés d'une carapace de sel de plus en plus épaisse, et ils s'étaient alourdis toute la nuit en poursuivant leurs douches. Ils étaient là maintenant, paralysés, étouffés, broyés par la masse de sel, mis en conserve pour des siècles, pour toujours.

Parce qu'il s'agissait des deux derniers éléphants, la catastrophe était irrémédiable. Jusqu'alors, on avait pu répartir sur les animaux restants ce qu'il y avait de plus précieux dans la charge des éléphants perdus. Cette fois, c'était fini. D'énormes quantités de provisions, d'armes, de marchandises durent être abandonnées faute de porteurs. Mais ce qu'il y avait de plus grave, c'était les hommes qui s'apercevaient soudain que les éléphants étaient bien davantage que des bêtes de somme, le symbole du pays natal et de leur fidélité au prince. La veille, c'était encore la caravane du Prince de Mangalore qui avait déployé ses tentes sur les rivages de la mer Morte. Ce matin-là, ce ne fut plus qu'une poignée de naufragés qui se mit en marche vers un salut incertain.

Il leur fallut trois jours pour atteindre la limite sud de la mer. Ils observaient en progressant les rives opposées se rapprocher régulièrement, et ils prévoyaient qu'elles allaient bientôt se rejoindre, quand ils furent arrêtés par un site d'une fantastique tristesse. C'était une ville qui avait dû être magnifique, mais on aurait dit qu'elle avait été foudroyée en un instant, alors qu'elle resplendissait de richesse. Les palais, les terrasses, les portiques, une place immense avec un bassin entouré de statues, des théâtres, des marchés couverts, tout avait fondu comme de la cire molle sous le feu de Dieu. Et cette grande cité-cimetière avait une population de fantômes, des silhouettes d'hommes, de femmes, d'enfants et même d'ânes et de chiens projetées sur les murs, imprimées sur les chaussées, comme par la flamme de cent mille soleils

— Pas une heure, pas une minute de plus ici ! gémissait Siri. Taor, mon prince, mon maître, mon ami, tu vois : nous venons d'atteindre le dernier cercle de l'enfer. Pourtant, nous ne sommes ni morts ni damnés. Alors partons, allons-nous-en ! Nos navires nous attendent à Elath.

Mais Taor n'écoutait ces supplications que d'une oreille. On aurait dit qu'il entendait en même temps une autre voix qui l'appelait et le retenait dans ce pays depuis le rendez-vous manqué de Bethléem. Certes, tout avait commencé avec un rahat loukoum à la pistache, mais il allait de découverte en découverte, et surtout il pressentait qu'il n'avait rien vu encore en comparaison de ce qu'il lui restait à apprendre dans ce pays terrible et magnifique.

Ils étaient arrivés auprès des ruines d'un temple. Taor gravit quelques marches du parvis, puis il se tourna vers ses compagnons. Il éprouvait une tendresse reconnaissante pour ces hommes de chez lui qui avaient tout quitté pour le suivre dans une aventure à laquelle finalement ils ne comprenaient rien. Il était temps qu'ils sachent, qu'ils décident, qu'ils cessent d'être des enfants irresponsables.

– Vous êtes libres, leur dit-il. Moi Taor, prince de Mangalore, je vous délie de toute obligation envers moi. Esclaves, vous êtes affranchis. Hommes liés par parole ou contrat, vous êtes quittes. Depuis qu'à Bethléem, j'ai vu mourir des enfants, tandis que je régalais leurs frères, j'obéis à une voix que je suis seul à entendre. Nos navires sont prêts à appareiller dans le port d'Elath. Rejoignez-les ou demeurez avec moi. Je ne vous chasse pas. Je ne vous retiens pas. Vous êtes libres

Puis sans un mot de plus, il revint se mêler à eux. Ils marchèrent longtemps dans des ruelles obscures. Finalement, ils se tassèrent dans l'ancien jardin d'une villa. Des frôlements au ras du sol les avertirent qu'ils avaient dérangé une famille de rats ou un nid de serpents.

Taor dormit plusieurs heures. Il fut réveillé par des pas sonores ponctués de coups de crosses qui retentissaient dans la ruelle. En même temps, une lanterne faisait danser des ombres sur les murs. Puis lueurs et bruits s'éloignèrent Un peu plus tard, cela recommença, comme s'il s'agissait d'une ronde effectuée par un veilleur. Cette fois pourtant, l'homme entra dans le jardin. Il éblouit Taor en levant sa lanterne. Il n'était pas seul. Derrière lui se dissimulait une autre silhouette. Il se pencha sur Taor. Il était vêtu d'une robe noire sur laquelle tranchait l'extrême pâleur de son visage. Derrière lui, son compagnon attendait, un lourd bâton à la main. L'homme se releva et éclata de rire.

– Nobles étrangers, dit-il, soyez les bienvenus à Sodome !

Et son rire reprit de plus belle. Enfin, il fit demi-tour et il repartit comme il était venu. Pourtant les lueurs dansantes de la lanterne avaient permis à Taor de mieux voir l'homme qui l'accompagnait, et le prince était stupéfait de surprise et d'horreur. Cet homme n'était pas nu, il était écorché. Sur tout son corps rouge, rouge sang, on voyait distinctement les muscles les nerfs et les vaisseaux frémissants.

Les heures qui suivirent, Taor les passa dans un demi-sommeil traversé de rêves, mais aussi de bruits et de rumeurs : roulements de chars, pas de bêtes sur les pavés, cris, appels, jurons. Finalement, le prince se dressa et regarda autour de lui. Il s'aperçut qu'il n'avait plus qu'un seul compagnon à ses côtés. Siri sans doute ? Il ne pouvait en être sûr, car l'homme dormait enveloppé jusqu'aux cheveux dans une couverture.

Taor lui toucha l'épaule, puis le secoua en l'appelant. Le dormeur émergea de sa couverture et tourna une tête échevelée vers Taor. Ce n'était pas Siri, c'était Draoma, le trésorier-comptable de l'expédition.

– Que fais-tu là ? Où sont les autres ? interrogea le prince.

– Tu nous a rendu notre liberté, dit Draoma. Ils sont partis. En direction d'Elath. À la suite de Siri.

– Qu'a dit Siri pour justifier son départ ?

– Il a dit que cette ville était maudite, mais que tu étais inexplicablement retenu dans ce pays.

– Il a dit cela ? s'étonna Taor. C'est pourtant vrai que je ne peux me résoudre à quitter ce pays sans avoir rencontré... je ne sais même pas qui... Mais toi, pourquoi es-tu resté ? Es-tu le seul qui soit fidèle jusqu'au bout à son prince ?

– Non, Seigneur, non, reconnut Draoma avec franchise. Je serais volontiers parti, moi aussi. Mais je suis responsable du trésor de l'expédition, et il faut que tu prennes connaissance de mes comptes. Je ne peux pas me présenter à Mangalore sans ton cachet. D'autant plus que nos dépenses ont été considérables.

– Ainsi, dès que j'aurai visé tes comptes, tu fuiras toi aussi ?

– Oui, Seigneur, répondit sans honte Draoma. Je ne suis qu'un petit comptable. Ma femme et mes enfants...

– C'est bien, c'est bien, l'interrompit Taor. Tu auras ton cachet. Mais ne restons pas dans ce trou.

Ils partirent ensemble. Taor marchait dans un sentiment de bonheur qu'il n'avait jamais connu. Il avait tout perdu, ses friandises, ses éléphants, ses compagnons. Il ne savait où il allait. Il se sentait ivre de légèreté et de liberté.

Un vague bruit de foule, des blatèrements de chameaux, des coups sourds les attirèrent vers le sud de la ville. Ils débouchèrent sur une place où une caravane se préparait à partir. Les chameaux de bât n'emportaient qu'une seule marchandise, le sel. Mais il affectait deux formes : des plaques rectangulaires translucides – quatre par chameau – et des cônes moulés qui étaient emballés dans des feuilles de palmier.

Taor observait un jeune chamelier qui mettait en place un savant entrelacs de cordelettes destinées à empêcher la charge de glisser sur le dos de la bête, quand une demi-douzaine de soldats interpellèrent l'homme, et l'entourèrent étroitement. Il y eut une discussion assez vive dont le sens échappa à Taor, puis les soldats encadrèrent le caravanier et l'entraînèrent avec eux. Un homme obèse, portant noué autour de la taille le chapelet à calculer des marchands, suivait la scène de près, et semblait chercher des yeux un témoin pour lui faire partager son indignation. Avisant soudain Taor, il lui expliqua :

– Ce fripon me doit de l'argent, et il s'apprêtait à filer avec la caravane ! Il était temps qu'on l'arrête.

- On l'emmène où ? demanda Taor.

– Devant le juge de mercurie[1] évidemment.

– Et ensuite ?

– Ensuite ? s'impatienta le marchand, eh bien ! il faudra qu'il me rembourse, et comme il en est incapable, eh bien ! ce sera les mines de sel.

Puis, haussant les épaules devant tant d'ignorance, il courut après les soldats.

---

1 Le juge chargé des affaires commerciales.

Le sel, le sel, toujours le sel ! Taor n'entendait plus que ce mot depuis Bethléem, un mot formé de trois lettres comme blé, vin, mil, riz, thé, nourritures et boissons qui représentent chacune une civilisation. Pourtant, le sel n'était vraiment ni une nourriture, ni l'eau salée une boisson. C'était un étrange cristal, en vérité, plus proche de la chimie que de la vie, à la fois monnaie d'échange et agent de conservation des viandes et des poissons.

Les soldats et leur prisonnier, toujours suivis du gros marchand, avaient disparu derrière un pan de mur. Taor et son compagnon y découvrirent un étroit escalier dans lequel ils s'engagèrent à leur tour. Ils arrivèrent ainsi dans une belle et grande cave où allait et venait une foule silencieuse. Dans un renfoncement, siégeait le tribunal de mercurie. Taor observait passionnément ces hommes, ces femmes, ces enfants, tous habitants de Sodome, la cité maudite et détruite par Dieu mille ans auparavant. "Il faut croire qu'ils sont indestructibles, pensa-t-il, puisque Dieu lui-même n'en est pas encore venu à bout. »Leur maigreur et l'impression de force qu'ils donnaient les faisaient paraître grands, alors qu'ils ne dépassaient guère la moyenne. Mais on ne sentait en eux ni tendresse ni fraîcheur, même chez les femmes et les enfants. Ils avaient un air de dureté et de sécheresse qui imposait le respect et faisait peur en même temps.

Taor et Draoma s'approchèrent du tribunal où le caravanier allait être jugé. Aux soldats et au plaignant s'étaient joints quelques curieux, mais aussi une femme au visage ravagé par le chagrin, serrant contre sa robe quatre petits enfants.

On se montrait aussi trois personnages vêtus de cuir rouge et veillant sur des outils inquiétants, les bourreaux.

Le juge et ses assesseurs écoutaient à peine les réponses et les contestations de l'accusé.

– Si vous m'emprisonnez, je ne pourrai plus exercer mon métier, et alors comment gagnerai-je de quoi payer ma dette ? disait-il.

– On va te fournir un autre genre de travail, ironisa l'accusateur.

La condamnation ne faisait plus de doute. Les cris de la femme et des enfants redoublèrent. Taor s'avança alors devant le tribunal et demanda la permission de prendre la parole.

– Cet homme a une femme et quatre petits enfants qui seront frappés durement par sa condamnation, dit-il. Les juges et le plaignant veulent-ils permettre à un riche voyageur de passage à Sodome d'acquitter les sommes dues par l'accusé ?

L'offre était sensationnelle, et la foule commença à se masser autour du tribunal. Le président fit signe au marchand de s'approcher, et ils s'entretinrent un moment à voix basse. Puis il frappa du plat de la main sur son pupitre et demanda le silence. Ensuite, il déclara que l'offre de l'étranger était acceptée à condition que la somme soit versée immédiatement.

– De quelle somme s'agit-il ? demanda Taor.

Un murmure d'étonnement admiratif parcourut la foule. Ainsi, le généreux étranger ne savait même pas à quoi il s'engageait !

Le marchand répondit lui-même à Taor.

– J'abandonne les intérêts dus au retard ainsi que les frais de justice auxquels j'ai dû faire face. J'arrondis la somme à son unité inférieure. Bref, je me tiendrai quitte avec un remboursement de trente-trois talents.

Trente-trois talents ? Taor n'avait aucune idée de la valeur d'un talent, comme aussi bien de celle de toute autre monnaie, mais le chiffre trente-trois lui parut modeste et donc rassurant. Il se tourna tranquillement vers Draoma en prononçant un seul mot : « Paie ».

Toute la curiosité de la foule se concentra alors sur le petit comptable. Allait-il vraiment accomplir le geste magique qui libérerait le chamelier ? La bourse qu'il tira de son manteau parut d'une taille dérisoire.

– Prince Taor, dit-il, tu ne m'as pas laissé le temps de te rendre compte de nos dépenses et de nos pertes. Depuis notre départ de Mangalore, elles ont été énormes. Ainsi lorsque le *Bodi* fut abandonné aux gypaètes...

– Épargne-moi le récit de tout notre voyage, l'interrompit Taor, et dis-moi sans détour combien il te reste.

– Il me reste deux talents, vingt mines, sept drachmes, cinq sicles d'argent et quatre oboles, récita le comptable d'une traite.

Un rire éclatant s'éleva de la foule. Ainsi, ce voyageur si sûr de lui avec ses gestes de grand seigneur n'était qu'un imposteur ! Taor rougit de colère et de honte. Comment ! Il y avait moins d'une heure, il se réjouissait de la liberté et de la légèreté qu'il devait à son dénuement. Et à la première occasion, il se conduisait en prince cousu d'or qui résout tous les problèmes d'un claquement de doigts en direction de son comptable ! Ce chamelier, sa femme, ses enfants, il fallait ou les laisser à leur triste sort, ou s'engager totalement pour eux. Il leva la main pour demander à nouveau la parole.

– Seigneurs juges, dit-il, je vous dois des excuses, et tout d'abord pour ne pas m'être mieux présenté. Je suis Taor Malek, prince de Mangalore, fils du Maharajah Taor Malar et de la Maharani Taor Mamoré. Je n'ai de ma vie touché ni même vu une pièce de monnaie. Talent, mine, drachme, sicle ou obole, ce sont autant de mots que je ne parle ni n'entends. Trente-trois talents, telle serait donc la somme nécessaire pour sauver cet homme ? Et cette somme, je ne l'ai pas. Eh bien ! j'ai autre chose à vous offrir. Je suis jeune, je me porte bien – trop bien peut-être à en juger par mon ventre. Surtout, je n'ai ni femme ni enfant. Solennellement, je vous demande d'accepter que je prenne la place du prisonnier dans vos mines de sel. J'y travaillerai jusqu'à ce que j'aie gagné de quoi rembourser cette somme de trente-trois talents.

La foule avait cessé de rire. L'énormité du sacrifice imposait le silence et le respect.

– Prince Taor, dit alors le juge, tu ne mesurais pas tout à l'heure l'importance de la somme nécessaire au rachat du débiteur. Tu nous fais maintenant une proposition beaucoup plus grave, puisque c'est avec ta vie que tu offres de payer. As-tu bien réfléchi ? N'agis-tu pas par dépit, parce qu'on a ri de toi ?

– Seigneur juge, répondit Taor, le cœur de l'homme est trouble et obscur, et je ne cherche pas trop à savoir ce qui motive ma décision. Le principal, c'est qu'elle soit ferme et irrévocable, et de cela je suis absolument sûr.

– Eh bien ! soit, dit le juge, qu'il soit fait selon ta volonté. Qu'on lui mette les fers !

Les bourreaux s'agenouillèrent aussitôt avec leurs outils aux pieds de Taor. Draoma qui avait toujours la bourse à la main jetait des regards épouvantés à droite et à gauche.

– Mon ami, lui dit Taor, garde cet argent, il te sera utile pour ton voyage. Va ! Retourne à Mangalore où t'attend ta famille. Je ne te demande que deux choses. Premièrement, ne dis pas un mot là-bas de ce que tu viens de voir ni de mon sort.

– Oui, prince Taor, je saurai me taire. Et l'autre chose ?

– Viens m'embrasser, car j'ignore quand je reverrai un homme de mon pays.

Ils s'embrassèrent, puis Draoma s'enfonça dans la foule en essayant de dissimuler sa hâte.

Les bourreaux continuaient à s'affairer aux pieds de Taor. Le prisonnier libéré s'abandonnait aux effusions de sa famille. On allait entraîner Taor, quand il se tourna une dernière fois vers le juge.

– Je sais que je dois travailler pour réunir la somme de trente-trois talents, dit-il. Mais combien de temps faut-il à l'un de vos prisonniers pour y parvenir ?

La question parut surprendre le juge qui s'occupait déjà d'une autre affaire.

– Combien de temps faut-il à un prisonnier saunier pour gagner trente-trois talents ? Mais voyons, c'est clair, trente-trois ans !

Puis il se détourna en haussant les épaules.

Trente-trois ans ! Pratiquement toute une vie ! Taor

eut un vertige. Il chancela, et c'est évanoui qu'on l'emporta dans les souterrains des salines.

Le choc du changement de vie était si brutal pour un nouveau venu dans les salines qu'il fallait avant tout l'empêcher de se suicider. On l'enfermait enchaîné dans une cellule, et on le nourrissait au besoin de force avec une canule. Une fois passée la grande crise de désespoir du début, le prisonnier ne devait pas revoir la lumière du jour avant cinq années. Durant cette période, il ne rencontrait que des hommes de la mine soumis aux mêmes conditions de vie que lui. Sa nourriture ne variait jamais : poissons séchés et eau salée. C'est évidemment dans ce domaine que Taor – le prince du sucre – eut d'abord à souffrir le plus cruellement. Dès le premier jour, il eut le gosier enflammé par une soif ardente. Mais ce n'était justement qu'une soif de gorge, localisée et superficielle. Peu à peu elle se calma, mais pour faire place à une autre soif, plus sourde, plus profonde, une soif de tout son corps privé d'eau douce. Cette soif-là, il ne cessait de la sentir brûler en lui, et il savait qu'il lui faudrait des années pour la calmer, s'il était libéré avant sa mort.

Les salines formaient un immense réseau de galeries, salles et carrières souterraines, entièrement taillées dans le sel gemme, véritable ville enterrée, doublement enterrée puisqu'elle se trouvait sous la ville, elle-même souterraine, de Sodome.

Le travail se répartissait entre terrassiers, carriers et tailleurs. Les terrassiers creusaient les mines. Les carriers détachaient des blocs. Les tailleurs débitaient ces blocs en plaques blanchâtres. Grâce à la dureté du sel gemme[1], il n'y avait pas d'éboulements à craindre. Mais le danger existait cependant. Il y avait, en effet, parfois dans le sol des poches de terre glaise liquide. On voyait ainsi à certains endroits des fantômes apparaître dans l'épaisseur des murs. C'était comme des monstres immobiles ayant la forme d'une pieuvre, d'un cheval boursouflé ou d'un oiseau géant. Il arrivait que la poche crève. Alors on entendait comme un coup de tonnerre souterrain, et toute la mine était noyée avec ses ouvriers sous des tonnes d'argile liquide.

Quatre-vingt-dix-sept mines fournissaient leur charge de dalles de sel aux deux caravanes qui quittaient Sodome chaque semaine. Mais il y avait aussi le sel marin récolté dans des bassins qu'asséchait le soleil. Parce qu'il avait lieu en plein air, le travail des marais salants était envié par les hommes des mines souterraines. Certains obtenaient qu'on les y affectât. Mais la plupart du temps, habitués depuis des années à la pénombre des galeries, ils ne supportaient plus le soleil qui leur brûlait la peau et les yeux, et ils devaient retourner au fond. D'autres voyaient leur peau s'user sous l'action du sel. Elle devenait mince et transparente comme celle qui recouvre une plaie fraîchement cicatrisée. Ces hommes qui avaient l'air d'écorchés ne supportaient aucun vêtement, et moins encore les vêtements de la mine rendus râpeux par le sel. On les appelait les

---

1. Sel extrait de la terre, par opposition au sel obtenu par évaporation de l'eau de mer.

« hommes rouges », et c'était l'un d'eux que Taor avait aperçu la nuit de son arrivée à Sodome.

Taor ne devint pas un homme rouge, mais ses lèvres et sa bouche se desséchèrent. Ses yeux s'emplirent de pus qui coulait sur ses joues. En même temps, il voyait fondre son ventre, et son corps devenir celui d'un petit vieux, voûté et ratatiné.

Il vécut d'abord longtemps dans l'immense cave, grande comme une église, où il taillait et grattait les dalles de sel, dans les boyaux humides qui menaient d'un point à un autre, et surtout dans l'étrange salon où il dormait et mangeait avec une cinquantaine d'autres et où les prisonniers avaient employé leurs loisirs à sculpter dans le sel des tables, des fauteuils, des armoires, des niches pour y dormir, et même des faux lustres et des statues.

Plusieurs années passèrent avant qu'il revît la lumière du jour. Ce fut pour participer à la pêche qui fournissait la nourriture des sauniers. Cette pêche était assez bizarre, puisque les eaux de la mer Morte ne permettent aucune vie, ni végétale ni animale. Il s'agissait en réalité de remonter d'abord jusqu'à l'extrémité nord de la mer, celle où se jette le Jourdain. Cela demandait trois jours de marche, puis quatre jours pour revenir avec les couffins de poissons.

Lorsque le Jourdain arrive aux abords de la mer Morte, c'est un petit fleuve allègre, chantant, poissonneux, ombragé d'arbustes pleins d'oiseaux. Ce qui arrive ensuite est affreux. Le fleuve tombe dans une gorge de terre jaune qui le pollue et brise son élan. Les plantes, qui s'acharnent encore à le border, dressent vers le ciel des branches rabougries, déjà confites de sable et de sel. Finalement, la mer Morte n'absorbe qu'un fleuve malade qu'elle digère complètement, puisqu'elle est fermée au sud[1].

À l'embouchure du Jourdain, des vols d'aigles pêcheurs signalent la présence de nombreux poissons. Ce sont ceux du Jourdain des brèmes, des barbeaux, des silures principalement – asphyxiés par les eaux empoisonnées de la mer qui flottent par milliers le ventre en l'air. Les prisonniers s'efforçaient de recueillir avec des filets ces poissons crevés et déjà à demi salés. Il n'était pas rare, au demeurant, qu'ils fussent attaqués par les aigles rendus furieux par cette concurrence sur leur terrain de chasse.

Plus étrange encore était une chasse au harpon à laquelle Taor prenait également part. La barque s'avançait lentement jusqu'au milieu de la mer. Un homme exercé se tenait penché à l'avant et scrutait ses profondeurs sirupeuses avec, à portée de la main, un harpon

---

1. Jadis les eaux du Jourdain compensaient exactement l'évaporation de celles de la mer Morte, laquelle demeurait ainsi toujours au même niveau. Mais depuis quelques années, les Israéliens détournent, pour irriguer des cultures, une partie des eaux du Jourdain. Il en résulte que le niveau de la mer Morte baisse régulièrement. Son assèchement complet ne peut être exclu. Il est vrai qu'un projet grandiose consisterait à établir une canalisation de 80 kilomètres entre la Méditerranée et la mer Morte. Les 400 mètres de dénivellation permettraient aux eaux de la Méditerranée d'alimenter la mer Morte et d'actionner une usine d'électricité.

attaché à une corde. Que guettait-il ainsi ? Un monstre noir et furieux qui ne hante nulle autre mer, le taureau-sans-tête. Soudain, au plus épais du liquide métallique, on apercevait son ombre tournoyante qui grossissait rapidement en fonçant sur la barque. Il fallait alors le maîtriser, puis le hisser à bord. Bien entendu, ce n'était pas un être vivant. Il s'agissait simplement de blocs de goudron crachés par le fond de la mer, et qui remontaient à la surface. Ce bitume était précieux à la fois pour calfater les navires, comme produit pharmaceutique et comme marchandise de troc.

Au cours de ces expéditions, Taor s'efforça de retrouver le rivage où il avait nuité avec ses compagnons. Il n'y parvint jamais. Même les deux éléphants de sel – pourtant facilement repérables – semblaient avoir disparu. Tout son passé paraissait effacé à jamais.

Ce passé lui fut rappelé cependant une dernière fois. La sixième mine – celle de Taor – vit arriver un personnage rond comme une boule et tout gonflé de sa propre importance. Il se nommait Cléophante, et se disait confiseur de son métier. Une nuit qu'ils reposaient côte à côte, Taor ne put donc se retenir de lui poser la question.

– Le rahat loukoum... Dis-moi, Cléophante, sais-tu ce qu'est le rahat loukoum ?

Le confiseur sursauta et regarda Taor comme s'il le voyait pour la première fois.

– Pourquoi t'intéresses-tu au rahat loukoum ? lui demanda-t-il.

– Ce serait trop long à raconter.

– Sache donc que le rahat loukoum est une friandise noble, exquise et savante qui ne serait pas à sa place dans la bouche d'un misérable comme toi.

– Je n'ai pas toujours été un misérable, mais sans doute ne me croiras-tu pas si je te dis que j'ai mangé jadis un rahat loukoum, oui, et même à la pistache pour ne rien te cacher. Et je te dirai aussi que j'ai payé, et même assez cher, pour en connaître la recette. Or comme tu me vois, cette recette, je ne l'ai toujours pas trouvée..

Cléophante se rengorgea.

– Sans doute n'as-tu jamais entendu parler de la gomme adragante ? commença-t-il. C'est la sève d'un arbuste de chez nous. Elle gonfle dans l'eau froide, et durcit au contraire en séchant. Les pharmaciens en font des pâtes pectorales, les coiffeurs de la gomina, les blanchisseurs s'en servent pour empeser les chemises. Mais c'est dans le rahat loukoum qu'elle trouve son emploi le plus réussi.

Taor n'écouta guère la recette détaillée du rahat loukoum à la pistache que lui donna alors Cléophante avec un grand luxe de détails. Comme tout cela lui paraissait loin et petit à présent ! Ce rahat loukoum apporté par Siri au palais de Mangalore, ce n'était qu'une minuscule graine. Mais la graine avait germé, elle était devenue un arbre dont les racines avaient bouleversé sa vie en s'y enfonçant, mais dont les fleurs promettaient de remplir tout le ciel.

Les grands bourgeois de Sodome demandaient parfois à l'Administration qu'on leur envoyât des prisonniers sauniers pour effectuer chez eux des travaux de nettoyage, de jardinage ou leur servir de domestiques. C'était une main-d'œuvre docile, gratuite et peu exigeante. C'est ainsi que Taor put découvrir la haute société de la ville. Employé comme serveur ou aide-cuisinier, il observait et écoutait sans qu'on fasse attention à lui. Il avait remarqué ces visages qui souriaient toujours mais ne riaient jamais, ces yeux sans cils dont les paupières ne clignaient jamais, ces nez retroussés par l'insolence, ces bouches aux lèvres minces qui ne savaient que se moquer, et surtout ces deux grandes rides amères qui sillonnaient leurs joues.

Sodome avait été détruite mille ans auparavant parce que ses habitants avaient une façon de s'accoupler que condamnait Yahvé, le dieu des Juifs. Ceci Taor le savait. Mais en quoi consistait exactement cette sorte d'accouplement, il ne put jamais l'apprendre. À ses questions, ses camarades répondaient toujours en ridiculisant sa naïveté. Une fois l'un d'eux lui dit :

– Tout le monde fait doudou par devant. Les Sodomites, eux, font doudou par derrière.

Cette phrase avait soulevé de grands rires, mais Taor n'avait pu obtenir aucun éclaircissement. On lui avait raconté en revanche la légende de la femme de Lot. Lot était le seul Sodomite que Yahvé avait prévenu de la prochaine destruction de la ville. Le jour venu, il s'enfuit donc en emmenant sa femme et ses deux filles. Or Yahvé leur avait donné l'ordre de marcher sans se retourner, faute de quoi ils périraient avec les autres. Cet ordre, la femme de Lot ne put le respecter. Elle se retourna pour adresser un dernier adieu à la ville chérie en train de sombrer dans les flammes. Ce geste de tendre fidélité ne lui fut pas pardonné. Yahvé transforma la malheureuse en statue de sel.

Or cette statue de la femme de Lot – le buste tourné en arrière – se trouvait à une faible distance de la ville, et les Sodomites lui rendaient un véritable culte. Chaque année, la fête nationale réunissait la population autour d'elle. Mais il ne se passait pas de jour sans qu'une délégation lui fasse quelque offrande, généralement une rose de sable, une anémone fossile, des violettes de quartz, des rameaux de gypse, ou toute autre variété de la flore de la mer Morte.

À quelque temps de là, la sixième saline vit arriver un nouveau prisonnier. Son teint chaud, son corps musclé et surtout l'horreur qui se lisait dans ses yeux condamnés à la lumière souterraine, tout chez lui indiquait l'homme fraîchement arraché à la terre fleurie et au doux soleil. Les hommes rouges l'entourèrent aussitôt pour le palper et flairer la bonne odeur de vie de surface qu'il portait encore sur lui.

Il s'appelait Démas et venait d'un village du bord du Jourdain. Comme la région est très marécageuse et riche en poissons et oiseaux aquatiques, il vivait de la chasse et de la pêche. Le malheur, c'est que, poussé par l'espoir de prises plus abondantes, il avait descendu le cours du Jourdain, d'abord jusqu'au lac de Génésareth et finalement jusqu'à la mer Morte. Là, il s'était pris de querelle avec un Sodomite, et lui avait fendu la tête d'un coup de hache. Les compagnons du mort l'avaient fait prisonnier, et emmené avec eux à Sodome.

Taor le prit sous sa protection, l'obligea doucement à

se nourrir, et se serra dans sa niche de sel pour qu'il puisse s'étendre près de lui. Ils parlaient des heures entières à mi-voix dans la nuit mauve de la saline, alors qu'ils ne pouvaient trouver le sommeil, bien qu'ils fussent brisés de fatigue

C'est ainsi que Démas fit allusion à un prédicateur qu'il avait entendu au bord du lac de Tibériade, et que les gens appelaient le Nazaréen. Taor ne dit rien, mais dès cet instant, une petite flamme chaude et brillante dansa dans son cœur, car il comprit qu'il s'agissait de celui qu'il avait manqué à Bethléem et pour lequel il avait refusé de repartir avec ses compagnons. Au fil des nuits, Démas rapportait par bribes tout ce qu'il savait du Nazaréen pour l'avoir entendu raconter ou pour l'avoir vu de ses propres yeux.

Démas évoqua ainsi ce repas de noces à Cana où Jésus avait transformé l'eau en vin. Puis cette vaste foule réunie autour de lui dans le désert qu'il avait nourrie à satiété avec cinq petits pains et deux poissons. Démas n'avait pas assisté à ces miracles. En revanche, il était là, au bord du lac, quand Jésus pria un pêcheur de le mener au large dans sa barque et de jeter son filet. Le pêcheur n'obéit qu'à contrecœur, car il avait peiné toute la nuit sans rien prendre, mais cette fois il crut que son filet allait se rompre tant était grande la quantité de poissons capturés. Cela, Démas l'avait vu de ses yeux et il en témoignait.

– Il me semble, dit enfin Taor, que le Nazaréen ait surtout à cœur de nourrir ceux qui le suivent ?

Car il avait toujours attendu du Sauveur qu'il lui parle de ce qui l'intéressait au premier chef. Or voici que par la bouche du pauvre Démas, Jésus lui contait des histoires de banquet de noces, de pains multipliés, de pauvres rassasiés, à lui, Taor, qui avait quitté son royaume pour une recette, et ne se souciait que de choses qui se mangent.

Mais il n'y avait pas que la nourriture. Taor était touché encore plus intimement par les paroles de Jésus, lorsqu'il évoquait l'eau fraîche et les sources jaillissantes, car depuis des années tout son corps hurlait la soif, et il n'avait que de l'eau saumâtre pour tenter de se désaltérer. Aussi, quelle n'était pas son émotion d'homme torturé par l'enfer du sel quand il entendait ces mots :

Quiconque boit cette eau aura encore soif, mais celui qui boira l'eau que je lui donnerai n'aura plus jamais soif. Bien plus, l'eau que je lui donnerai deviendra en son propre cœur une fontaine d'eau vive pour la vie éternelle.

Une nuit enfin, Démas rapporta que Jésus, gravissant la montagne appelée *Cornes d'Hattin*, enseigna les foules en disant :

Bienheureux les doux, car ils posséderont la terre.

– Que dit-il encore ? demanda Taor à voix basse.

- Il dit encore :

Bienheureux ceux qui ont soif de justice, car ils seront désaltérés.

Aucun mot ne pouvait s'adresser plus personnellement à Taor qui souffrait de la soif depuis si longtemps afin que la femme et les enfants du chamelier ne subissent pas d'injustice. Il supplia Démas de répéter et de répéter encore ces mots qui contenaient toute sa vie. Puis il laissa sa tête reposer en arrière sur le mur lisse et mauve de sa niche. Et c'est alors qu'eut lieu un miracle. Oh ! un miracle discret, infime, dont Taor pouvait seul être témoin : de ses yeux brûlés, une larme roula sur sa joue, puis sur ses lèvres. Et il goûta cette larme : c'était de l'eau douce, la première goutte d'eau non salée qu'il buvait depuis plus de trente ans.

– Qu'a-t-il dit encore ? demanda-t-il à nouveau à Démas.

– Il a dit encore :

Heureux ceux qui pleurent, car ils seront consolés.

Démas mourut peu après, décidément incapable de supporter la vie des salines. Et la succession des jours sans nuit reprit, si monotone qu'il semblait qu'elle n'aurait pas de fin.

Pourtant un matin, Taor se retrouva seul à la porte nord de la ville. On lui avait donné une tunique de lin, un sac de figues sèches et une poignée d'oboles. Les trente-trois ans de sa dette étaient-ils écoulés ? Peut-être. Taor, qui n'avait jamais su calculer, s'en était remis à ses geôliers, et d'ailleurs il avait perdu le sentiment du temps écoulé au point qu'il mêlait tous les événements ayant eu lieu depuis son arrivée à Sodome.

Où aller ? Les récits de Démas répondaient : sortir des fonds de Sodome, remonter vers le niveau normal de la vie humaine. Ensuite marcher vers l'ouest et notamment vers Jérusalem où il avait le plus de chances de trouver la trace de Jésus.

Son extrême faiblesse était en partie compensée par sa légèreté. Il flottait à la surface du sol, comme s'il eût été soutenu à droite et à gauche par des anges invisibles. Ce qui était plus grave, c'était l'état de ses yeux. Il y avait longtemps qu'ils ne supportaient plus la lumière du jour

Il déchira le bas de sa tunique et se noua sur le visage un bandeau à travers lequel il voyait son chemin par une mince fente.

Il remonta ainsi ce bord de mer qu'il connaissait bien, mais il lui fallut sept jours et sept nuits pour parvenir jusqu'à l'embouchure du Jourdain. À partir de là, il prit la direction de l'ouest, marchant vers le village de Béthanie qu'il atteignit le douzième jour. C'était le premier village qu'il rencontrait depuis sa libération. Après trente-trois années passées avec les Sodomites et leurs prisonniers, il ne se lassait pas de regarder des hommes, des femmes, des enfants ayant l'air humain, évoluant naturellement dans un paysage de verdure et de fleurs, et cette vision était si rafraîchissante qu'il ôta bientôt son bandeau devenu inutile.

Il allait de l'un à l'autre, demandant si on connaissait un prophète du nom de Jésus. La cinquième personne interrogée l'adressa à un homme qui devait être son ami. Il s'appelait Lazare et vivait avec ses sœurs Marthe et Marie-Madeleine. Taor se rendit à la maison de ce Lazare. Elle était fermée. Un voisin lui expliqua qu'en ce 14 Nisan, la Loi commandait aux Juifs de célébrer le festin de Pâques à Jérusalem. C'était à moins d'une heure à pied, et bien qu'il fût déjà tard, il avait des chances de trouver Jésus et ses amis chez un certain Joseph d'Arimathie. Taor se remit en route, mais, au sortir du village, il eut une faiblesse, car il avait cessé de se nourrir. Pourtant, au bout d'un moment, soulevé par une force mystérieuse, il repartit.

On lui avait dit une heure. Il lui en fallut trois, et il

n'entra à Jérusalem qu'en pleine nuit. Il chercha long-temps la maison de Joseph que le voisin de Lazare lui avait vaguement décrite. Allait-il une fois encore arriver trop tard, comme à Bethléem ? Il frappa à plusieurs portes. Parce que c'était la fête de Pâques, on lui répon-dait avec douceur malgré l'heure avancée. Enfin, la femme qui lui ouvrit acquiesça. Oui, c'était bien la mai-son de Joseph d'Arimathie. Oui, Jésus et ses amis s'étaient réunis dans une salle de l'étage pour célébrer le festin pascal. Non, elle n'était pas sûre qu'ils fussent encore là. Qu'il monte s'en assurer lui-même.

Il fallait donc encore monter. Il ne faisait que monter depuis qu'il avait quitté la saline. Mais ses jambes ne le portaient plus. Il monta cependant, poussa une porte.

La salle était vide. Une fois de plus, il arrivait trop tard. On avait mangé sur cette table. Il y avait encore treize coupes, sortes de gobelets peu profonds, munis d'un pied bas et de deux petites anses. Et dans certains, un fond de vin rouge. Et sur la table traînaient des frag-ments de ce pain sans levain que les Juifs mangent ce soir-là en souvenir de la sortie d'Égypte de leurs pères.

Taor eut un vertige : du pain et du vin ! Il tendit la main vers une coupe, l'éleva jusqu'à ses lèvres. Puis il ramassa un fragment de pain et le mangea.

Alors, il bascula en avant, mais il ne tomba pas. Les deux anges, qui veillaient sur lui depuis sa libération, le cueillirent dans leurs grandes ailes, et, le ciel nocturne s'étant ouvert sur d'immenses clartés, ils emportèrent celui qui, après avoir été le dernier, le perpétuel retarda-taire, venait de recevoir l'Eucharistie le premier.

ISBN : 978-2-07-062907-7

Loi n° 49-956 du 16 juillet 1949
sur les publications destinées à la jeunesse
Dépôt légal : juillet 2009
N° d'édition : 170641 - N° d'impression : 95735
Imprimé en France par CPI Firmin Didot